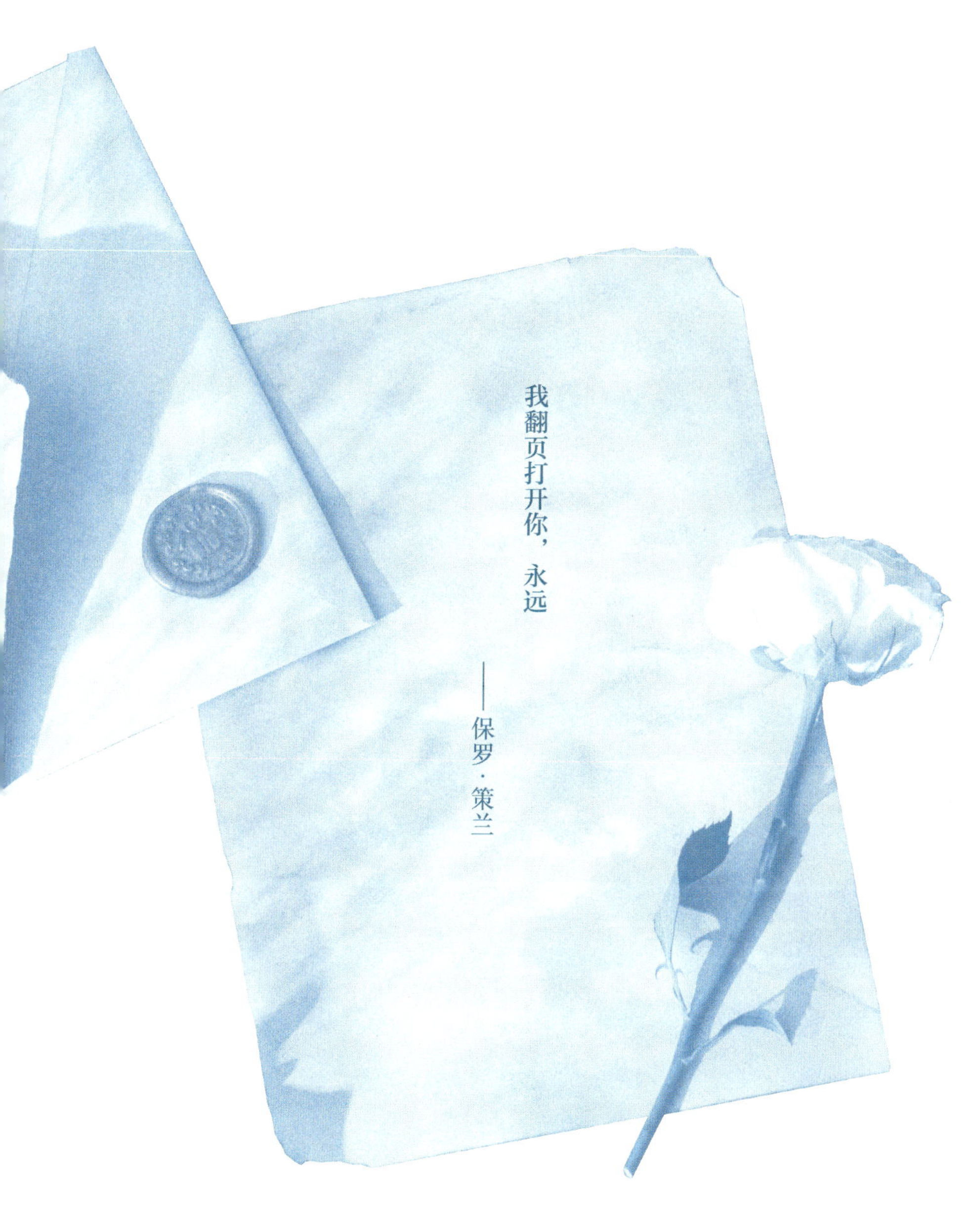

我翻页打开你，永远

——保罗·策兰

策兰诗论

王彪 —— 著

SPM 南方传媒 | 花城出版社
中国·广州

图书在版编目（CIP）数据
策兰诗论 / 王彪著. -- 广州 : 花城出版社, 2025.
1. -- ISBN 978-7-5749-0357-9
Ⅰ. I267.1
中国国家版本馆CIP数据核字第2025RQ7056号

出 版 人：张　懿
责任编辑：周思仪　王梦迪　苏葳葳
责任校对：汤　迪
技术编辑：凌春梅
封面设计：L&C Studio

书　　名 策兰诗论
CELAN SHILUN
出版发行 花城出版社
（广州市环市东路水荫路 11 号）
经　　销 全国新华书店
印　　刷 佛山市浩文彩色印刷有限公司
（广东省佛山市南海区狮山科技工业园 A 区）
开　　本 880 毫米 ×1230 毫米　32 开
印　　张 7.25　2 插页
字　　数 144，000 字
版　　次 2025 年 1 月第 1 版　2025 年 1 月第 1 次印刷
定　　价 49.80 元

如发现印装质量问题，请直接与印刷厂联系调换。
购书热线：020-37604658　37602954
花城出版社网站：http：//www.fcph.com.cn

代 序

走进策兰的“密封诗”

陶东风

2020年6月13日，我把刚完成的《奥斯维辛之后的诗——兼论策兰与阿多诺的文案》《〈鼠疫〉与见证文学的几个问题》二文发给了好友王彪。6月21日，王彪回微信：“两篇文章都写得很好”“我更喜欢策兰的这篇，写得很到位，很深刻”。对这些溢美之词我并没有特别当真，但王彪接下来的这段话却引起了我的高度注意：“策兰的悲剧，如果放到犹太人的历史去看，我觉得会体会得更深一点。犹太人的处境和文化、历史都是悖论，预告了这个世界的人性之罪。”

王彪很敏锐地击中了我的知识短板。

我最近十多年来较多关注记忆、特别是集体创伤记忆的书写与表征问题。犹太人大屠杀，是我聚焦的主要案例之一。2020年初开始蔓延的新冠疫情给国人、给人类带来的创伤体验，使得我的研究多了一种以学术方式回应当下危机的意味。发给王彪的这两篇文章，就是在这样的语境中写的。

阅读策兰的诗歌，最普遍的感受是晦涩难懂。他的诗句跳跃极大，意象奇崛怪异，像一粒粒坚硬的石头子被随意排列而无法串联在一起。更重要的是，如同王彪说的，策兰的诗歌

“有许多暗语，难以解密”（故被称为“密封诗”）。我隐约感到策兰诗歌的这种晦涩难解，与其犹太教背景，以及其与犹太人历史、文化特别是《圣经》的深刻牵连有关。这一点被谙熟《圣经》与犹太人历史文化的王彪一下子把握到了。

差不多两年后，王彪突然把他的《论犹太作家“见证文学”的〈圣经〉根源》一文发给我，我看后深感震撼，同时也有点沾沾自喜，好像我两年前的文章在他那里有了回响。尽管我早就知道王彪熟悉犹太教与《圣经》，还是没有想到他能够那么熟练地把它运用于解读犹太作家的见证文学。特别是文章的最后部分对于犹太诗人帕吉斯的分析，让我折服。我把自己的这些体会告诉王彪不到一个月，他就给我发来了他的《吊诡与悖论：犹太特性》。这篇文章又一次震撼了我，同时让我萌生了一个念头：王彪应该写一本解读策兰的书！2023年7月3日，我正式向他提出了这个建议。我告诉他：读了你的文章，我进一步坚信，要想进入策兰的诗歌世界，必须具备犹太教、基督教的背景知识。王彪是最具备这个实力和条件的。策兰的诗歌中有很多来自《圣经》和犹太教历史、文化的典故，但这些典故一般人不知道，策兰也没有特别加以注明。很多看似普通的意象，比如“白杨树”“杏仁”“石头”等，其实深刻回响着历史上犹太人的声音。用王彪的话说：“毋庸置疑，以《圣经》为根源的犹太传统对策兰诗歌的影响是显而易见的，也是至关重要的，如果我们从这个角度去分析策兰诗歌，许多问题将迎刃而解。”这篇文章于是就成了王彪《策兰诗论》的首篇。

然而，策兰和犹太教的关系虽然毋庸置疑，但又是复杂的，有时甚至通过否定的方式表现出来。策兰不是犹太教徒，甚至还说过不少看似渎神的话，更经常与上帝“争辩”，向上帝提出质问。但这恰恰通过否定的方式说明策兰与上帝难解难分，上帝作为一个思考的维度、精神的向度始终没有离开过策兰。策兰诗歌中充斥的悖论和吊诡，从根本上说就来自上述其与《圣经》、与上帝的复杂关系。王彪指出：策兰对大屠杀创痛的揭示始终保持着神学维度，不管是抗议、质问，还是反讽，甚至否定，他都不让上帝缺席，哪怕用“无人”“虚无”来指称上帝，也仍然从反面指证了上帝这个更高存在的本质与意义。作为犹太人，策兰跟犹太人的上帝是不可能脱得了关系的，这也许是犹太人的另一种宿命。从策兰一开始写诗，上帝就出现在他的诗句里。如在他早年的《孤独者》就有这样奇特的诗句：“上帝像秃鹫的爪子一样近。”意象如此清晰、尖锐而有力，预告了上帝在他诗作里的存在，如鹰爪迅猛而锐利，令他无法躲避。

王彪此书的精彩之处，当然不仅仅是在主题思想的层面指出了“犹太性”与策兰诗歌的关系，而且通过分析策兰诗歌的意象、技巧等，令人信服地阐释了这种犹太性是如何融化、体现于策兰诗歌的言说方式中。策兰的创伤言说经常是结结巴巴的，欲言又止，似是而非，似非而是，充满了对立与矛盾：说与不说、是与否、死与生、白与黑、光与影、午夜与正午、黑夜与白昼，两种完全相反的感受常常混合在一起，相互纠缠、无法分开。这种策兰诗歌中常见的所谓“平行技法”，这种意象的组合模式或创伤的言说方式，植根于犹太文化和精神中的“平行逻辑”，也与《圣经》存在深刻关联。矛盾与对立正是犹太人存在的思想方式与思维方式。比如，表现生与死、明亮与黑暗这类辩证关系的诗句在策兰诗歌中就俯拾皆是、不胜枚举：“夜尽后东方的烟缕……/唯有死亡/闪光。”(《黑暗》)“他穿门离去，雨追着他。/我们死去，且能够呼吸。”(《法国之忆》)“一只被灰烬覆盖的鸟，穿越死亡而学会了飞翔。”（《被火光四面围住》）“向着墓地，向着墓群，进入生命”（《一切，和你我料想的都不一样》）。死亡居然会闪光、呼吸、飞翔。更不要说“灰烬的光辉”“黑色雪片”“黑色牛奶”等充满悖论意味的著名意象，对于这些意象，我觉得可以发明一个专有名词——“策兰意象”，来加以概括。诚如王彪所言：“追根究底，策兰诗歌里的吊诡与悖论并不是他的写作技巧或者某种修辞方式的使用，而来源于他的犹太思维，也即犹太特性，策兰将这种犹太特性发挥到极致。”

这就使得策兰诗歌中的很多技巧都能得到更深刻的理解。王彪以策兰的《苏黎世，鹳雀旅馆》作为策兰其人、其诗的一个隐喻：“不光诗里的意象和内涵充满矛盾与对立，策兰作为诗人的人生，从他的流亡到对犹太家园的追寻，从生与死的思考，光与暗的交叠，绝望与希望的纠结，包括对以色列那位上帝的在与不在、是与不是的挑战与争辩，养育他也伤害他的欧洲基督教文明的割裂与认同，甚至犹太身份在去除传统信仰后的尴尬与何去何从，乃至于诗歌形式上，德语作为母语又作为杀害母亲凶手的有罪之语，说与不说，如何言说之间的冲突，等等，所有这一切，无不是对立与矛盾的同在，有无数的悖论隐含其中。它们之间的对峙和张力，使得策兰的诗歌时不时陷入吊诡的绝境，近乎无解，却又呈现出奇异的魅力，让人欲罢不能，这可能也是策兰诗歌另有深意之所在，愈是险境，愈见奇景，有裂罅，始能透出光来。”

王彪在分析策兰诗歌的时候，特别明显地采用了互文的解读策略。互文首先是策兰的书写策略。他写于不同时期的诗歌作品之间充满了互文，比如相同意象、词语、表达方式的反复出现。同时，策兰诗歌与《圣经》，与犹太教、犹太文化、犹太人历史之间也充满了互文。互文使得策兰的每一首诗歌都连着或指向另一首，而每一首又都连着、指向更为悠久深厚的犹太人历史传统、《圣经》传统……比如，通过对“灰烬”“挖坟”等意象的互文分析，王彪将《死亡赋格》《熄灯祷告》《炼金术》《密接和应》《大地就在他们身上》等作品串联起来，如同一首交响乐，作品中反复出现的意象形成了同一个主题的回响、呼应和扩展。再比如策兰诗歌中的另一个关键性意象“石头”。《花》《而那种美丽》《山坡》等作品中都反复出现的这个意象，其意义——生命、死亡、黑暗、光亮及其相互纠缠、相反相成——在不同诗篇中持续回响、呼应、拓展：死亡、生命、黑暗、光亮。《明亮的石头》的开篇“这明亮的/石头穿过天空，这淡/白色，灯的/使者”，让人联想到《花》中的“石头/这空中的”，以及《死亡赋格》里惊人的空中“坟墓”。坟墓的石头，死亡之石，居然成为“光明使者”。策兰在说：母亲和其他大屠杀的遇难者的死亡，当然都是黑暗的，但也是明亮的，它不可湮灭，就如“灰烬的光辉”。王彪在细致揭示作品的互文关系之后，总是接着将其置于犹太人的历史、文化、《圣经》传统中加以解释，从而形成层层拓展的互文阐释框架。

策兰是一个在西方思想史、哲学史、文学史上具有特殊地位的诗人，更准确地说，他是一个通过诗歌方式探索20世纪最深重的人道主义灾难——犹太人大屠杀以及创伤记忆的见证方式的伟大思想家。自从阿多诺提出“奥斯维辛之后写诗是野蛮的”这个石破天惊的命题之后，如何见证大屠杀成为西方前沿哲学家、思想家越不过去的重要诗学、哲学、伦理命题。因此，策兰及其诗歌经常在当代西方最前沿的哲学家如雅克·德里达、阿甘本、保罗·利科、列维纳斯等的作品中被一再谈论。德里达就反复讨论过策兰诗歌中的“灰烬”这个意象，将大屠杀、残存、死亡、记忆、哀悼等主题与“灰烬”交叉在一起，认为策兰《灰烬的光辉》这首诗里所要表达的，正是从灰烬与踪迹中寻找见证的可能与不可能，可能中的不可能，不可能中的可能。于是，我们所面对的就是：

说不尽的创伤，说不尽的见证，说不尽的策兰。

2024年12月11日

目录

第一章

吊诡与悖论：犹太特性

引言：不要把不从是中分开

1960年5月26日，两位德语犹太诗人保罗·策兰与奈莉·萨克斯在瑞士苏黎世的鹳雀旅馆见面，他们都是纳粹大屠杀的幸存者。萨克斯因为当年在被送往死亡集中营的前一刻从柏林侥幸逃脱，流亡至瑞典，一生对回德国心有余悸，虽然她这次是去德国梅尔斯堡领取德语女作家奖，却不肯在德国过夜，选择住在苏黎世，然后坐火车到梅尔斯堡。策兰也是流亡者，早已离开家乡切尔诺维兹，客居巴黎。萨克斯被策兰称为“灵魂的姐妹”，两人相知甚深，自然无所不谈，却又似乎言不尽意。策兰对这次相会感慨良多，回法国后写了首诗，寄赠萨克斯，这就是著名的《苏黎世，鹳雀旅馆》。

我们谈论过多，谈论
太少。谈着你
和依然的你，透过
明亮的混沌，谈及
犹太性，谈论

你的上帝。[1]

萨克斯是敬虔的犹太教徒，属哈西德教派。策兰出生于“一个每周都自觉点亮安息日蜡烛的犹太家庭”[2]，他的父母同样有着哈西德教派背景，但策兰却以“渎神者”的面貌出现，他在诗里说：“我们谈论你的上帝，我曾/冒犯他”，这位犹太人的上帝只是萨克斯的上帝，而不是策兰的，他似乎已打定主意撇清关系。然而，策兰并未就此罢休，他接着写道：

冒犯他，我让
我曾经怀有的心，
抱以希望：
为他的
至高无上，为死亡之噪音，为他的
抱怨声——

他冒犯上帝，又抱以希望，是想与上帝继续争辩，“抱怨”这个词出自《圣经·出埃及记》第十七章第二节，以色列百姓在旷野因没水喝而与摩西“争闹”。也有译者将这个词译

---

① 保罗·策兰《灰烬的光辉：保罗·策兰诗选》，王家新译，广西师范大学出版社，2021年1月版，第172-173页。本书所引策兰诗歌，除特别注明译者和出处外，均引自此王家新译本。

② 皮埃尔·乔瑞斯《无需掩饰的歧义性》，王家新《保罗·策兰诗歌批评本》，华东师范大学出版社，2021年3月版，第235页。

为“争辩”，如同约伯在苦难中向上帝的呼求：“不要定我有罪，要指示我，你为何与我争辩？”[①]不光词义的来源甚为复杂，里面的情感也相当复杂。策兰既想渎神，说一些不恭敬的话，又想与上帝“争闹”“争辩”，为何在大屠杀苦难中，以色列的上帝沉默不见？这是策兰耿耿于怀的症结所在，他的态度并非否定上帝那么简单，反而用“争闹”“争辩”的态度暗示自己有着摩西与约伯那样的执着，有点像雅各在雅博渡口跟上帝角力，缠着上帝不放，其中的意蕴，大约也只有犹太人自己才能体会得到。

更复杂的还在后面。插在刚才的诗句中间，策兰与萨克斯在谈论上帝时，他突然想起这一天是耶稣升天节，他们所在的旅馆正好对着河对岸的大教堂：

升天的日子，大教堂
矗立在那里，它从水上
带来一些金子。

这是很美的场景，阳光洒在水面，如同金子闪烁，令人想起耶稣升天的荣耀。但策兰故意不点明是耶稣升天，给“升天的日子”造成某种含混，有人译为“在某种升天的日子”，不确定的语气，更容易读出其中微妙的歧义，也可能给人带来别的联想，比如策兰与萨克斯都写过类似的诗句，“你们就会化

---

① 《约伯记》10:2。本书所引《圣经》均为和合本。

为烟雾升向空中”，这是策兰《死亡赋格》里的句子，成千上万的犹太人在焚尸炉里化为烟雾升向空中；而萨克斯在《噢烟囱》一诗里，用“以色列的肉体”形容被杀害的犹太人和犹太民族：“以色列的肉体如烟般飘散于空中”[①]。策兰在这里是否有反讽的意思？我相信是可能的，“升天”这个词蕴含了两个面向：一面是基督复活的荣耀，一面是犹太人灭亡的惨剧，在策兰的思绪里纠缠得难解难分。

这也并不奇怪，策兰身上本就纠结着犹太教与基督教的双重传统，像他自己所坦陈的：“我从两个杯子喝酒”（《我从两个杯子喝酒》）。他是犹太人，所谓的犹太性于他如先天的印记一般，与他的生命血肉相连，难以撕裂；同时他又生在欧洲，母语是德语，以基督教信仰为内核的德国文化传统同样养育了他，也同样进入他的血脉，驱之不去。

这就是策兰的境况，或者说，策兰的困境，所有的对立与矛盾似乎都存在于他身上，纠结在他体内，让他越陷越深。于是在诗的末尾，策兰变得结结巴巴，欲言又止。也许他真的不知说什么，也许他知道说什么，却又不知道什么是重要的，连语言也充满了对立与矛盾：

我们
真不知道，你知道，

---

① 奈莉·萨克斯《蝴蝶的重量：奈莉·萨克斯诗选》，陈黎、张芬龄译，中信出版集团，2022年5月版，第11页。

我们
真不知道，
什么
还管用。

也有译者把最后一句译为："到底什么/重要。"据说，策兰与萨克斯见面时，萨克斯说过"人们其实很难知道到底什么东西才算重要"，她在颁奖仪式的领奖发言中，又说过另一句话：在上帝眼里，"一切都很重要"[1]。策兰却保持着疑虑，故意借助诗行的频繁断句、换行，增强了疑问的语气，使整句话变得支离破碎，仿佛永远没有答案。

这也许就是策兰的基本态度，正如他自己在另一首诗里表达的："说——/但不要把不从是中分开"（《说，你也说》）。在策兰的观念里，说"不"与"是"，否定与肯定是不能分开的，"是"包含了"不"，他用阴影来描述话语言说的双重性："给它足够的阴影，/给它这样多，/就像你知道怎样为自己分配/午夜、正午与午夜"。这又让我们回到了刚才讨论的那首诗，难怪策兰与萨克斯的谈论，会是"明亮的混沌"，有译者译为"澄明中的浑浊"，或者"澄明怎样引起混乱"，总之是两种完全相反的感受混合在了一起，如同午夜与正午，黑夜与白日，澄明中有一半是混沌，光影交错的暗昧，

---

① 约翰·费尔斯坦纳《保罗·策兰传》，李尼译，江苏人民出版社，2009年7月版，第184–187页。

那才是言语的真相。

那么，他们所谈论的“犹太性”的真相是否也是如此呢？从某个角度来看，犹太性是确凿的，上帝、《圣经》、以色列，在犹太人身上构成了犹太特质；但或许从另一角度来看，犹太性本身又包含了矛盾与对立，甚至可以说，犹太性的特性就是矛盾与对立，充满了吊诡与悖论。同是大屠杀幸存者的埃利·威塞尔曾不无感慨地说：“做一个犹太人恰恰正是在自己的矛盾中以接受它们来显露自己。”①

追根究底，这跟犹太人的思维方式，也即“平行逻辑”有关。经典逻辑有个“矛盾律”，像亚里士多德所解释的：“你不能同时声称某事物在同一方面既是又不是。”但平行逻辑相反，矛盾对立的双方是可以同时存在的。“平行逻辑在拉比犹太教哲学中存在的深层逻辑乃是人类的不完美性与神的完美性的对立。由于神的话语是完美的，而人的话语是不完美的，因此，‘任何一个单一的阐释都只理解了真理的一部分，不同的阐释永远是需要的。’”②于是，“激辩”成为犹太信仰的主要特色，寻求歧义的最大化，追求观点之间的对话与对抗，在对话与对抗中相辅相成。这样，矛盾与对立便成了犹太人存在的思想方式与思维方式。难怪著名犹太哲学家马丁·布伯把犹太人的矛盾与对立提升到神学的维度，他说：“永恒出自矛

---

① 威塞尔《一个犹太人在今天》，陈东飚译，作家出版社，1998年7月版，第17页。

② 张平《导论》，张平译注《密释纳》（第1部 种子），山东大学出版社，2011年5月版，第37页。

盾……犹太人并非简单，亦不单纯，而是充满了对立。”[①]

有鉴于此，我愿意把这首《苏黎世，鹳雀旅馆》视作策兰诗歌的一个隐喻，不光诗里的意象和内涵充满矛盾与对立，策兰作为诗人的人生，从他的流亡到对犹太家园的追寻，从生与死的思考，光与暗的交叠，绝望与希望的纠结，包括对以色列那位上帝的在与不在、是与不是的挑战与争辩，养育他也伤害他的欧洲基督教文明的割裂与认同，甚至犹太身份在去除传统信仰后的尴尬与何去何从，乃至于诗歌形式上，德语作为母语又作为杀害母亲凶手的有罪之语，说与不说，如何言说之间的冲突，等等，所有这一切，无不是对立与矛盾的同在，有无数的悖论隐含其中。它们之间的对峙和张力，使得策兰的诗歌时不时陷入吊诡的绝境，近乎无解，却又呈现出奇异的魅力，让人欲罢不能，这可能也是策兰诗歌另有深意之所在，愈是险境，愈见奇景，有裂罅，始能透出光来。

两极/在我们内心，/不可逾越

对于策兰的一生，有学者总结说：“从切尔诺维兹到布加勒斯特，从布加勒斯特到维也纳，再到巴黎，到弗莱堡，到耶路撒冷和特拉维夫，最后返回巴黎，纵身跃入塞纳河，这一条

① 见约翰·费尔斯坦纳《保罗·策兰传》，李尼译，江苏人民出版社，2009年7月版，第189页。

悲剧性的人生之旅和颠沛的精神流亡线路图，无疑是集于他一身的众多犹太艺术家的悲惨结局的真实写照。”[①]策兰确实代表了许多欧洲犹太人的命运，尤其在精神上，策兰始终在流亡与回乡的矛盾中徘徊。

严格说来，策兰没有故乡，作为一个犹太人，他的流亡命运是注定的，因为犹太人两千年都没有真正的家园。虽然策兰的出生地切尔诺维兹是历史名城，但归属上一直动荡不定，策兰出生前两年，随着奥匈帝国哈布斯堡王朝的覆灭，切尔诺维兹归属罗马尼亚，策兰以讲德语的罗马尼亚人身份度过青少年时期；二战初期切尔诺维兹落入苏联之手，随后被德军占领，二战后又成为乌克兰领土。这种经历似乎早已预示了策兰的宿命，他后来被视为罗马尼亚犹太人、奥地利诗人、乌克兰作家也在情理之中。但身份的撕裂无疑带来了永在异乡的矛盾心态，何况策兰父母都惨死在纳粹集中营，这使得策兰在故乡的认同上又陷入了“是”与“不”的对立中。

对策兰而言，故乡首先是跟母亲连在一起的，也是跟死亡与哀痛连在一起的。

白杨树，你的银色枝叶闪耀成黑色。
我母亲的头发从来不会变白。

---

① 李斯《石头开花与策兰之死——〈保罗·策兰传〉代译序》，约翰·费尔斯坦纳《保罗·策兰传》，李尼译，江苏人民出版社，2009年7月版，第3页。

蒲公英，绿茵茵的乌克兰。
我的金发母亲没有回到家里来。

含雨的云，是你在井口的上方徘徊？
我的母亲在轻声哭，为每一个人。

圆星，你环绕着金色的飘带。
我母亲的心脏被铅弹撕裂。

橡木门，是谁把你从门框中卸下？
我温柔的母亲再也不能归来。

这是策兰的《白杨树》，故乡的家园空留徘徊的雨云，连门也被卸下，他温柔的母亲再也不能归来。策兰的诗竭力避免抒情，但在写到母亲时，他的情感总是难以自禁，恍如耶利米的哀歌，饱含泪水，凄婉而哀怨。策兰的心是碎裂的，从诗歌的意象处理上，我们也会看到有意的并置与对立，银色枝叶闪耀成黑色对比母亲的头发不会变白，绿茵茵的蒲公英对比母亲的金发，金色飘带对比心脏被铅弹撕裂，等等，造成极大的张力，技法上显然吸收了《圣经》里《诗篇》《箴言》等希伯来诗歌的平行体手法。可见犹太人的平行逻辑，除了用于解经而发展出“激辩”等思辨方式，其根本的来源，还在于《圣经》本身，即《圣经》提供了平行逻辑的根基与范本，也塑造了犹太人的犹太特性。

策兰这方面颇具代表性的诗作是《墓侧》："妈妈，你是否还认识南布格的河水，/那波浪，曾经拍打你的创伤？"策兰母亲所在的集中营就在南布格河边，她最后死在那里。"在那里怎能没有一些杨树或是柳条/给你些许安慰，分担你的忧伤？"杨树或柳条对犹太人来说有着特别的意义，《诗篇》第一三七篇写犹太人被掳至巴比伦，在异乡思念耶路撒冷，"我们曾在巴比伦的河边坐下，一追想锡安就哭了。我们把琴挂在那里的柳树上；因为在那里，掳掠我们的要我们唱歌"。柳树是伤心与思念的象征，在策兰笔下，现在成了对母亲的安慰，而接下去的诗句中，对立与矛盾愈加强烈：

神是不是还带着他的开花手杖
在山坡上时而攀登，时而消隐？

而你是否还能忍受，妈妈，如从前一样，
那轻盈的，德语的，痛苦的诗韵？

"开花手杖"是《圣经》典故，出埃及漂流旷野时，以色列人质疑摩西与亚伦的权柄，不服他们带领，上帝吩咐十二支派的首领把杖存于法柜的帐幕内，"第二天，摩西进法柜的帐幕去。谁知，利未族亚伦的杖已经发了芽，生了花苞，开了花，结了熟杏。"[1]开花的手杖表示上帝的权柄和同在。《圣

① 《民数记》17:8。

经·出埃及记》还记载了以色列百姓在旷野没水喝，与摩西争闹的事件，上帝吩咐摩西，以手中的杖击打磐石："从磐石里必有水流出来，使百姓可以喝。"[①]杖也代表上帝的大能和拯救。但在策兰的诗里，这位彰显权柄、同在、大能和拯救的上帝却在山坡上时现时隐，并未施展他的作为，也未实现他的应许——连上帝的存在与显现都是矛盾的，那么对热爱德语的母亲来说，被讲德语的刽子手杀死，德语痛苦的诗韵又如何忍受得了呢？这里策兰道出了自己终身的矛盾与纠结，用杀死母亲的刽子手的语言来说话、写诗，让自己陷入永远无法调解的对立里，以至于他的诗歌写作，本身就成为吊诡与悖论。

策兰惟有逃离，惟有漂泊，曾经生活过的那个故乡回不去了，他转而在流亡中寻求犹太传统里的家乡。

> 你要对那异乡女子的眼睛说：化作秋水。
> 你要在异乡女子的眼里，寻找你认得的水中人。
> 你要把她们从水中唤出来：路得！拿俄米！米利暗！[②]

策兰的这首《在埃及》写于他从切尔诺维兹流亡到维也纳期间，是献给英格褒·巴赫曼的情诗。埃及表示异乡，诗中出现的三位女子："路得、米利暗和拿俄米'都在水中'，她们

---

① 《出埃及记》17:5–6。

② 保罗·策兰《保罗·策兰诗选》，孟明译，华东师范大学出版社，2010年9月版，第67页。

来自集体记忆，都与流亡联系在一起。”[1]对策兰这个犹太人来说，巴赫曼是异乡女子，而维也纳对策兰来说，也是异乡，此时的策兰在维也纳犹如以色列人在埃及，所以，他要在巴赫曼这位异乡女子的眼里，寻找他的犹太女子，把她们唤出来。全诗只有十一行，却用了六个“异乡”，加上题目“在埃及”，也就是在异乡，整首诗完全被“异乡”所笼罩。这是策兰的流亡之痛，也是他精神和灵魂的漂泊之痛，是他无所归依之命运的形象写照。

但另一方面，策兰又透露出还乡的渴望，他与异乡女子在一起时，忘不了他同族的犹太女子，那些构成犹太历史、犹太记忆的女性。在策兰内心，那些女子才是他精神与情感的来源和倚靠，与他血肉相连。她们如同犹太民族鲜活而隐秘的载体，美丽无比，在他日后的诗歌里一再出现，他渴望看见她们，回到她们那里。也因此，“姐妹”这个意象，贯穿了策兰一生的诗歌写作。

策兰后来总算在巴黎定居下来，与版画艺术家吉赛拉相恋并结婚。有了家室，他应该找到了归宿，但事实并非如此，“永世流浪的犹太人”的灵魂还是在策兰身上徘徊，哪怕在他写给吉赛拉的情诗——《最洁白的鸽子飞走了》。

从我手里你接过这朵硕大的花：

---

① 约翰·费尔斯坦纳《保罗·策兰传》，李尼译，江苏人民出版社，2009年7月版，第64页。

它不是白的，不是红的，不是蓝的——你接过了它。
它来自无地，但它总是会在那里。
我们也从未活过，所以我们和它留在一起。

蓝白红是法国国旗的颜色，吉赛拉是法国贵族后裔，策兰送给她的花，不是白的，不是红的，不是蓝的，意思最清楚不过，他不是法国人，不过是个异乡沦落人，吉赛拉还是接受了他，策兰因此充满感激。不过那里面仍有一丝不安，因为这花“来自无地”，漂泊者的身份似乎是无法改变的，诗里一开头那句“我可以爱你”的宣言也带上了难言的伤感，仿佛那是他的宿命。

当然，策兰始终坚持用他的母语德语写作，也增加了他的流亡感。犹太人，飘零在巴黎，用德语写作，这几种要素凑合在一起，几乎就是一个矛盾体，意大利学者恩佐·特拉维索在《保罗·策兰与毁灭的诗学》里指出：“策兰在奥斯维辛之后写作，对他来说，德语在一种更根本也更深刻的意义上，是流亡的语言。流亡从此离不开哀悼，因为它不再指示一个因同化而遭离弃或遗忘的世界，而指示一个遭到灭绝、摧毁的世界，一个消失、化作灰烬的世界。”[1]这也是策兰流亡的意义，让他在矛盾与撕裂中锲入世界的本质。

---

① 恩佐·特拉维索《保罗·策兰与毁灭的诗学》，尉光吉译，雅克·德里达等《最后的言者：为了保罗·策兰》，上海文艺出版社，2023年6月版，第25页。

因而，流亡贯穿了策兰一生的诗歌写作，他常常思念他出生并成长的切尔诺维兹，可那个伤心地他又回不去，或者说，他想回又不想回，令他纠结万分，故乡变成了矛盾与纠结的存在，变成了美好的青春岁月与父母惨死的记忆混合在一起的对立见证。他写过一首《回家》，透露出难言的茫然与失落的情绪，所有的想望，都如梦中。

雪落下，密集，更密集，
鸽子之白一如昨日，
雪落下，仿佛你仍在梦中。

白色铺展出距离。
在它上面，了无边际，
消失者雪橇的痕迹。

雪橇没了痕迹，回家的路也消失了，这自然是个隐喻，那掩埋在雪下的家乡如梦中般美好，却终究不过是梦。策兰用了自己非常喜欢的雪的意象，给他的家乡举行了葬礼，也包含着对父母之死的哀悼。当年他父母的死讯，正是在乌克兰的雪片飞舞时抵达，让他陷入深深的积雪里，一生难以自拔。这种矛盾的经历耗尽了策兰的心力，甚至最终在策兰人生的晚期，他都未能解决这个有关故乡的内在冲突。他当然努力过，试图回到二战后复国的以色列，去找到犹太民族真正的家园，却仍难以如愿。

那是策兰投入塞纳河结束生命的前一年，他造访以色列和耶路撒冷，一开始他非常兴奋，在迎接他的希伯来作家协会发表演说，充满了回家的激情：“我走向你，以色列，因为我需要你。”[①]他兴致勃勃地参观了许多地方，并遇见了早年的女友伊拉娜·舒梅丽，动情地给她写了首诗：

结成杏仁的你，只说一半，
依然因抽芽而颤抖，
你
我一直让你等待的，
你。

杏仁是策兰诗歌最核心的意象之一，通常与眼睛连在一起，比如“杏仁眼”，形容杏仁般美丽动人的眼睛，这双眼睛在策兰的诗里属于他挚爱的母亲。而在犹太传统里，杏树、杏花、杏仁都有着特殊含意。会幕和圣殿里金灯台的枝子用杏花装饰，《出埃及记》记载：“灯台两旁要杈出六个枝子：这旁三个，那旁三个。这旁每枝上有三个杯，形状像杏花，有球，有花；那旁每枝上也有三个杯，形状像杏花，有球，有花。”[②]《耶利米书》里，上帝要审判列国，立耶利米为先

① 保罗·策兰《在希伯来作家协会的演讲》，保罗·策兰《灰烬的光辉：保罗·策兰诗选》，王家新译，广西师范大学出版社，2021年1月版，第503页。

② 《出埃及记》25:32–33。

知，“耶和华的话又临到我说：‘耶利米，你看见什么？’我说：‘我看见一根杏树枝。’耶和华对我说：‘你看得不错；因为我留意保守我的话，使得成就。’”[①]杏树枝于是有保守看顾的意思，这也跟杏树结出的杏仁形似眼睛有关，犹太人认为，杏树在以色列最早开花，杏仁如同上帝的眼目，始终注视着他的以色列子民。犹太习俗中，犹太人喜欢在家门前栽种杏树，意寓上帝永远看顾保守。

结合上述几点，策兰诗里杏仁的意象无疑凝结着犹太信仰与精神特质，既有神学意义，也有犹太的历史感，背后的意思，都是爱与看顾。《结成杏仁的你》里的女友舒梅丽，此时已移居重新建国的以色列，多少代表着获得新生的犹太民族，在重回应许之地后，眼目仍然看守着策兰这个流亡者，呼唤他还乡归回。策兰在诗的最后，用希伯来语做了动人的回应：“Hachnissini”，意思是“收留我吧”，这句对犹太人来说极为著名的祈使句来自现代希伯来诗歌奠基人比亚利克的名诗：“收留我到你翼下吧，做我的母亲和姐妹，以你的乳房护住我的头，鸟巢般接纳我倾吐的祷告。”[②]

“收留我吧。”这是策兰终结他流亡生命前的一声呼唤，他想回家了，以色列和耶路撒冷才是他真正的家，他请这个家和“结成杏仁”的犹太女子来“收留”他。但很快，策兰也感

---

① 《耶利米书》1:11–12。

② 见保罗·策兰《我听见斧头开花了：保罗·策兰诗选》，杨子译，北京联合出版公司，2021年8月版，第384页。

受到了以色列和耶路撒冷带给他的压力，他的处境相当尴尬，“以色列和到访以色列，使策兰一直以来作为犹太人的身份困境，在新的环境里越发明显，更加尖锐”[①]。这种感觉，好像他本该回家了，但到了家，家人们看他仍像个外人，策兰内心的撕裂反而加剧。这时发生了一件事，更让他感受到另一种压力。约翰·费尔斯坦纳在《保罗·策兰传》里记载了这件事：“策兰比计划提前三天离开以色列。他没有按原定计划完成另外一处本当完成的旅行，那就是去死海，之后去梅察达古堡看看。当初，一些犹太人坚守这处古堡，抵抗罗马人的进攻，宁死不降。他觉得自己还没有资格完成这样一次朝觐。”[②]策兰是如此热爱以色列与耶路撒冷，但他要面对死海边的一座古堡时，意外退缩了。

梅察达（又译马萨达）是公元70年犹太人反抗罗马暴政举行大起义失败后坚守的堡垒，九百多名战士和居民足足守了三年，最后在罗马军团攻破城门前集体自杀。“宁为自由而死，也不为奴隶而生！”梅察达的英勇故事曾激励犹太复国主义者在以色列这块应许之地重建民族精神，“梅察达永不再陷落”的誓言成为新以色列和犹太人的精神象征。

策兰是在梅察达挺立的古堡前感受到压力了吗？他觉得自己还没资格完成这样一次朝觐？还是古堡触发了他心中的内

---

① 约翰·费尔斯坦纳《保罗·策兰传》，李尼译，江苏人民出版社，2009年7月版，第323页。

② 同上，第324页。

疚？策兰的另一名传记作者沃夫冈·埃梅里希指出：“原本被纳粹判处死刑后来又侥幸逃脱的那些欧洲犹太人，大都患有所谓的‘幸存者负罪感症候群’。”[①]就如同是纳粹集中营幸存者普里莫·莱维所坦陈的：“在理性层面上，集中营的囚犯们并没有什么可羞耻的，但他们仍然感到羞耻，尤其对于那些有机会和力量去抵抗的鲜明例证。”[②]还有一个原因，策兰的同学——诗人基特纳曾回忆说，策兰在他父母死于集中营后，“忍受着他从来都没有真正解脱的心理打击和良心自责——就是说，假如他也与父母一起去了那个地方，兴许父母就不会死在劳动营”[③]。我认为这些都是真实的，美国诗人翻译家乔瑞斯在《无需掩饰的歧义性》一文中也谈到：“策兰认为他自己在大屠杀之后的生活只是一种不恰当的补充，他母亲的死似乎才更接近于真实。”[④]作为一个幸存者，一个认为生命仅仅是死亡的补充的人，对策兰来说，他是“一个活死人”[⑤]。

在梅察达古堡前的退缩，是否就是策兰负疚心理的一种本能流露？包括愧对父母和愧对捍卫了犹太人生命尊严的古代英

---

① 沃夫冈·埃梅里希《策兰传》，梁晶晶译，南京大学出版社，2022年1月版，第58页。

② 普里莫·莱维《被淹没与被拯救的》，杨晨光译，中信出版集团，2017年10月版，第78页。

③ 约翰·费尔斯坦纳《保罗·策兰传》，李尼译，江苏人民出版社，2009年7月版，第28页。

④ 皮埃尔·乔瑞斯《无需掩饰的歧义性》，王家新《保罗·策兰诗歌批评本》，华东师范大学出版社，2021年5月版，第245页。

⑤ 同上。

雄们？其实何止是古代英雄，大屠杀后以色列的建国进程也曾深深震撼了策兰。如今，作为游子的策兰，他回来了，他会不会觉得，自己跟这块新生的土地，跟在这里奋斗的犹太人似乎有点格格不入？他不过仍是个回到家的局外人。这对策兰是致命的。策兰太敏感了，他从耶路撒冷对他的热情中，反而感受到了自己的不适——似乎命中注定，他这位欧洲犹太人，像他自己早年所预言的，要“在欧洲把犹太精神的命运活到终点”[①]，他是永远回不来了。

费尔斯坦纳评论道：“造访耶路撒冷之后，策兰被分割成两半，一半是流亡，另一半是回归”[②]，这样的处境下，策兰写下充满矛盾的《两极》：

> 两极
> 在我们内心，
> 不可逾越[③]

这自然是他自己内心世界的写照，短短几行诗句，浓缩了太多的内容，费尔斯坦纳一语中的：“在‘两极’中，撕扯他的所有对立事物——女性/男性，肉欲/圣洁，当前/过去，以

① 约翰·费尔斯坦纳《保罗·策兰传》，李尼译，江苏人民出版社，2009年7月版，第63页。

② 同上，第336–337页。

③ 此诗为李尼所译。同上，2009年7月版，第333页。

色列/法国，激情/理性，爱情/损失，自由/不自由”[①]，等等，一切的一切，都对峙在一起，内在的矛盾冲突几近无解，这可能也是导致策兰最终以结束生命来了结这些张力的原因之一。

我们死去，且能够呼吸

策兰的诗是在大屠杀以及大屠杀后遗症的阴影下的写作，充满了死亡的幽暗，诗的中心就是死亡，以此进入人类的黑暗。但是，作为犹太人，策兰并不认为死亡是生命的终结，他认为“死是生的另一半，是以丰富形式展现在当下的另一半”[②]。贝达·阿勒曼指出：“生与死的同在一直是策兰诗作的重大前提之一。”[③]这也是为什么像策兰这样几乎沉溺在黑暗中的诗人，他的诗在死亡的背后又充满生的光亮，生死并存，亦生亦死，比如：“夜尽后东方的烟缕……/唯有死亡/闪光。”（《黑暗》）“他穿门离去，雨追着他。/我们死去，且能够呼吸。”（《法国之忆》）“而死者的手臂围绕着你/于是你们三个漫步穿过黄昏。”（《数数杏仁》）“一只

① 约翰·费尔斯坦纳《保罗·策兰传》，李尼译，江苏人民出版社，2009年7月版，第333页。

② 同上，第82页。

③ 见沃夫冈·埃梅里希《策兰传》，梁晶晶译，南京大学出版社，2022年1月版，第ii页。

被灰烬覆盖的鸟，/穿越死亡而学会了飞翔”（《被火光四面围住》）[①]。这类句子不胜枚举。

我们在前面引述过的《说，你也说》“说——/但不要把不从是中分开”，可看作策兰的世界观，不与是混合在一起，如同光与阴影，说任何肯定的话，都必须要承认否定。诗人接着写道：

看看四周：
看它们是怎样地活跃——
紧靠着死亡！活着！
那言说阴影者，言说真实。

活着紧靠着死亡，有死才有活。我比较了几种不同的中文译本，李尼把这一句译为：“靠死亡复活！活着！”孟明则译为：“死亡之中！有生命！”都各有所长，基本意思却是明晰的，诗句的不同凡响之处非常接近《圣经·以西结书》枯骨复活的意象，那是上帝的应许，以色列就算毁灭了，变成枯骨，上帝也会让它复活：“主耶和华对这些骸骨如此说：‘我必使气息进入你们里面，你们就要活了。我必给你们加上筋，使你们长肉，又将皮遮蔽你们，使气息进入你们里面，你们就要活

① 保罗·策兰《保罗·策兰诗全集第三卷：从门槛到门槛》，孟明译，华东师范大学出版社，2022年9月版，第301–303页。

了；你们便知道我是耶和华。’”[1]

死后会有复活，这是从时间秩序来看的，但策兰的生死观里，更多的是超时间的结果，即死与生是同时发生、同时存在的，因为上帝已经应许，上帝是超时间的神，在永恒里已经做成了。这是《圣经》启示的生与死的奥秘所在，也是犹太精神特质里所蕴含的吊诡与悖论的奥秘所在。

严格说来，策兰算不上犹太教徒，但自小生长在哈西德教派的家庭，策兰多少受其影响，这是无疑的。1953年，策兰的长子出生不久便夭折，策兰再次经历亲人被死亡袭击的惨痛，他为这个早夭的新生儿写了首挽歌《给福兰绪的墓志铭》：

> 世界的两扇门
> 一直敞开着：
> 是在黄昏
> 被你打开。
> 我们听见它们砰地弹开又关上
> 带着不可知之物，
> 带着绿色进入你的永远。

哈西德教派的谚语说，人生无非是进出今生与来世这两扇门。策兰的灵感即来源于此，他相信他死去的孩子，“带着绿色进入你的永远。”绿色代表生命，死即向着生，不是犹太教

---

① 《以西结书》37:5–6。

徒的策兰也被犹太信仰所笼罩。他还有更直截了当的诗句，“向着墓地，向着墓群，进入生命”（《一切，和你我料想的都不一样》）。直接就把进入死亡看为进入生命，并且，在他的意识里，惟有死亡是真实且可把握的：“你曾是我的死亡：/你，我可以握住/当一切从我这里失去的时候。”（《你曾是》）

这使得策兰与别的一些犹太作家和诗人在生死观上稍有不同，比如奈莉·萨克斯，她也是极具犹太特性的诗人，与策兰有着相似的观念与表达，但萨克斯通常更强调由死入生，从黑暗到光明，经绝望而至希望。

灰色晨光中
鸟儿练习苏醒之时——
被死神遗弃的所有尘埃
开始有了渴望。

啊，诞生的时辰，
经历重重痛苦，一个新生人类的
第一根肋骨如是成形。[①]

萨克斯的这首《灰色晨光中》写大屠杀死难者被死神遗

① 奈莉·萨克斯《蝴蝶的重量：奈莉·萨克斯诗选》，陈黎、张芬龄译，中信出版集团，2022年5月版，第23页。

弃，变成了尘埃，很容易让我们联想起焚尸炉里的灰烬，但是，他们并没有真的灭亡，在晨光与鸟鸣声中，经过重重痛苦，他们又复活了，而且诞生的是新人类，从尘土中成形了第一根肋骨。这里借用了《圣经·创世记》里上帝用亚当的肋骨造出夏娃的典故，诗人最后用这一句作结："亲爱的，你尘埃的渴望/在我心头呼啸而过。"简直可以说是枯骨复活、向死而生的翻版。

在这里，死与生不是绝对隔绝的，死了就完了，一切都结束了，惟有哀痛而已。不是的，死了并没完结，死是与生连在一起的，死之后会有生，新生。萨克斯的另一首诗《烛火》，写给她死去的情人："我为你点燃的烛火，/颤抖地以火焰之语言与空气说话。/水自眼中滴落；你的尘土/自坟中清晰可闻地呼唤永生。"[1]意象对比非常强烈，"你"已化为尘土，可居然"自坟中清晰可闻地呼唤永生"，完全是自相矛盾，然而在犹太人的意识里这是真实的，也是正常的。

策兰的生死观则更为激进，或者说更为彻底，在他笔下，矛盾与对立都是并列的、一体的、同时的，他略去了中间先死后生的时间过程。他的名作《风景》只有短短三行，非常有代表性：

你们高高的白杨——大地的人类！

---

① 奈莉·萨克斯《蝴蝶的重量：奈莉·萨克斯诗选》，陈黎、张芬龄译，中信出版集团，2022年5月版，第20页。

你们幸福的黑色池塘——映出她的死亡！

我看见了你，姐姐，站在那光芒之中。

人类与姐姐，死亡与光芒直接并列在一起，这之间没有前后或因果关系。就如策兰在《痉挛，我爱你》一诗中表述的“永恒，你被非永恒了，/非永恒，你被永恒了”。

策兰写生与死的另一个特点，是把死当作生来写，甚至都可以让死去的人仍然活着，最具震撼力的莫过于那首《大地就在他们身上》：

大地就在他们身上，而且
他们在挖。

他们挖呀挖呀，就这样
白昼去了，黑夜去了。他们不赞美上帝，
…………

我挖，你挖，虫子也在挖，
歌者在那里说：他们挖。[①]

---

① 保罗·策兰《保罗·策兰诗选》，孟明译，华东师范大学出版社，2010年9月版，第183–184页。

“他们不赞美上帝”这一句，来源于《圣经·诗篇》一一五篇：“死人不能赞美耶和华；下到寂静中的也都不能。”可见，这首诗是写一群已死的受难者，他们被埋在土里，还在替自己和同胞挖坟。死去的人竟然活着，竟然还在挖，不停地挖，比单纯写死了一切都毁灭了、结束了要震撼得多，这才是人性的戕害，也惟有在犹太人的平行逻辑思维下，在生与死的吊诡和悖论里才有可能真切地表达出来。

策兰的深刻之处，在于透过犹太特性里的生死观念，矛盾与对立，写出了死亡中的生命。换句话说，他是从死里写出生命。他笔下的死是有生命的，死了仍然是生命，也因此越发显出生命的宝贵，反过来揭示出死亡是多么残忍。死人像活人一样继续挖坟，这种对死的控诉，实在是已到极致，非言语所能形容。

从生死这个问题扩展开来，我们会发现策兰的诗作里还有许多数不清的矛盾对立，他深谙其中的奥秘，他的诗在本质上来说是暗昧不明的，绝望与希望，黑暗与光明，人生与信仰，等等，彼此纠结，交替重叠，扑朔迷离，常常陷入悖论的绝境，看似难解之谜，却又是世界的本质。“谁在说／一切都为我们死去／当我们的眼睛翻白？／一切都已醒来，一切开始。”（《带着所有的思想》）这是结束与开始，与他的另一首诗作《虚无》相映成趣：“虚无，因我们／名字的缘故／——把我们纳入——，／密封，／结局相信我们是／开始”。不仅仅是人生的错位，或者错误，是存在本身发生了切换。《距离赞》里的最末一段更为惊悚：“网捕获另一张网：／我们挣脱于拥抱。/在你眼睛的泉水里/一个勒死的人使绳索窒息。”这最后一句，也有译为：“一个被绞死的人勒死了绳子。”这里有着卡夫卡式的荒诞，而且荒诞到了极点，然而在策兰的诗里，却是常态，连上帝都在其中：“上帝掰开面包，面包掰开上帝。”（《露水》）当然，这句诗里的神学意义另当别论。

我们难眠，因为我们处在钟表内的黑暗里，
我们弄弯指针，它像枝条一样
弹跳回去，抽打时间直到出血……

策兰的诗充满了对时间的描述，以上这首《火印》颇能代表他对时间的认识，以及人与时间的关系。“我们”处在钟表内，也就是处在时间里面，钟表里面是黑暗的，意思非常明白，“我们”感觉不到时间，等于我们的生命是黑暗的。于是“我们”与时间抗争，企图扭曲时间，却令时间受伤出血，这里同样有着一种荒谬感，生命存在的短暂与企图超越时间的吊诡。还有：“这样睡去，我的眼睛就会睁开。/雨水注满罐子，我们曾把它倾空。”（《这样睡去》）“它们是最豪嗜的饮者：/它们喝下虚空正如喝下满溢”（《大啤酒杯》）。睡去与眼睛睁开，虚空与满溢，相反的情景可以互换。或者说，事情的本质可能就是这种对立的存在，这也是策兰对生命的理解。

我知道，

我知道你知道，我们曾知道，
我们不知道，我们
曾在这里，我们其实不在这里，
而在那时候，
当我们中间仅仅隔着空无
我们就有了通向彼此的路。

《如此多星座》里的这几行诗也许可看为策兰类似诗作的总结，“知道”与“不知道”既是矛盾对立，又是和谐统一，它们是相辅相成的，“在这里”和“不在这里”也一样，惟有隔着空无，反倒找到了路径，那么，隔着空无与通向彼此的路也是相辅相成的。这绝不是策兰的文字游戏，贝达·阿勒曼认为，策兰的“每首诗所探寻而希望获得的那个世界是奥秘的。……然而，我们不可将这种奥秘与完全的非理性混为一谈。”[①]

如此，我们方能理解，为什么策兰认为他的诗是写实的，他在给友人埃里希·艾因霍恩的信中说过：“我从未写过一行与我之存在无关的文字，我是一个——你也看到了——现实主义者，我自己方式的现实主义者。”[②]他称自己是现实主义者，包括他那些极其著名的充满悖论的意象，像“黑色雪

① 见沃夫冈·埃梅里希《策兰传》，梁晶晶译，南京大学出版社，2022年1月版，第ii页。

② 同上，第16页。

片”“黑色牛奶”等，都是现实的。

“雪落下，黯然无光。一个或是两个/月亮过去了”，这是他得知父亲死在纳粹集中营后所写的诗，题目叫《黑色雪片》，不光因为是夜晚下雪，看上去黯然无光，在诗人的心目中，他看见的雪就是黑的，甚至那里面的太阳也是黑色的。当然，最家喻户晓的莫过于《死亡赋格》里的“黑色牛奶”：

清晨的黑色牛奶我们傍晚喝
我们正午喝早上喝我们在夜里喝
我们喝呀我们喝

牛奶是生命的养料，可它居然是黑色的，策兰以直观的方式，揭示出纳粹集中营对生命的戕害。费尔斯坦纳认为：“黑奶是显而易见的隐喻（就像‘黑雪’）。它借助隐喻，就是宣称与事实相反的某种东西的修辞手段，去传达一个事实。”[①]但接着，他又指出：“然而，或许我们看到的并不是隐喻。也许一种被死亡营的囚犯根据外表称为‘黑奶’的液体分发给了他们。”[②]不管如何，从我的观点看，黑色牛奶就是死亡集中营里的一个事实，虽然是充满悖论的事实。其实，《死亡赋格》这首诗的题目，也是个悖论，赋格是音乐的一种艺术样

---

① 约翰·费尔斯坦纳《保罗·策兰传》，李尼译，江苏人民出版社，2009年7月版，第35页。

② 同上。

式，美的极致，当死亡与赋格连在一起时，这个悖论所呈现的悲剧更为触目惊心。

追根究底，策兰诗歌里的吊诡与悖论并不是他的写作技巧或者某种修辞方式的使用，而是源于他的犹太思维，也即犹太特性，策兰将这种犹太特性发挥到极致。对策兰来说，他身为犹太人的犹太特性完全是自觉的，他坦陈："犹太意识总是交织在像我这样一个在犹太环境里成长起来的人所书写的所有东西里面。"①他自己对犹太特性的理解，更注重灵性方面，他说过："犹太意识也可以说是一种灵命关注。"②这应该是策兰给出的答案。而他的诗歌，正是犹太意识与犹太特性"灵命关注"的某种个人化诠释，以及极致表达。从这个意义来说，策兰诗歌里的吊诡与悖论更具张力，内在矛盾更为激烈，这是必然的，同时，也是他的与众不同和价值所在。

在杏仁里站着虚无

策兰一再以"渎神者"的面貌出现，于他自己，该是深思熟虑的结果，他无法接受，当他父母双双死于纳粹集中营，当六百万犹太人惨遭杀戮时，犹太人的这位上帝隐而不见。策兰

① 约翰·费尔斯坦纳《保罗·策兰传》，李尼译，江苏人民出版社，2009年7月版，第324页。

② 同上。

有无数的愤怒、哀痛、质问要抛向这位上帝，他的诗行写满了否定，写满了“不”：“什么也不是者”“不在者”“虚无”，是他对上帝的称谓，但如果我们以此认定策兰是不信上帝的无神论者，那就错了。理由很简单，真是如此的话，策兰就用不着纠结了，他心里完全可以释然，一切都不过是种族屠杀而已，他没必要这么较真，去跟没有任何关系，或者根本不存在的上帝较劲角力。

其实，作为犹太人，策兰跟犹太人的这位上帝是不可能脱得了关系的，这也许是犹太人的另一种宿命。从策兰一开始写诗，上帝就出现在他的诗句里，他早年的《孤独者》，有这样奇特的诗句：“上帝像秃鹫的爪子一样近。”意象如此清晰有力、如此精准，预告了上帝在他诗作里的存在，迅猛而锐利，且如影随形，令他无法躲避。

当然，策兰的态度也不是躲避，他选择了挑战，他把话说得非常决绝：

无人再次从大地和黏土里捏出我们，
无人给我们尘埃施法。
无人。

赞颂你的名字，无人。

这首《赞美诗》从题目到内容形成的反差，即可体会到策兰的反讽姿态，不过策兰的诗从来都是深藏玄机。表面看来，策兰是借《圣经·创世记》里上帝用尘土造人的故事，否定上帝和上帝的创造，但细究起来，我们会发现，诗作的语气非常微妙，“再次”这个词，又在暗示我们，他并不否定《圣经》里的那位上帝，他否定的是现在，“无人再次”创造我们。同样是指着大屠杀说的，对于在大屠杀中遇难的犹太人而言，上帝现在等同于“无人”。然而这首诗真实的含意，并非质疑上帝的存在或能力那么简单，而是在深挖大屠杀创伤的后遗症，犹太人的上帝为何对犹太人被杀六百万缄默无语，甚至隐而不见，任凭悲剧发生？所以，在策兰看来，上帝不在了，缺席了，他宣告说：

一个虚无
我们曾是，现在是，将来
依然是，绽放成花朵：
这虚无——，这
无人玫瑰。

李尼翻译约翰·费尔斯坦纳的《保罗·策兰传》，将“无人”注释为“谁也不是者”，认为这是策兰诗歌中的一个重要称名或概念。费尔斯坦纳在文中也专门对此做了解释，他说：“‘没有谁’，是一个特别的代词，用来指称其名不可说出的那一位。”[1]

这也可视为犹太传统和犹太特性，犹太人特别敏感于上帝的名，“不可妄称上帝的名”是“十诫”中的第三诫，在犹太人的信仰生活中，凡读到《圣经》里上帝的名字，他们一律用“主”来代替，绝不发出上帝名字的读音，这成为禁戒。策兰不是守教规的犹太教徒，但对待上帝的名，他同样非常谨慎，绝不妄称上帝的名。他自己抄写《圣经》经文，碰到上帝的名字，都特意空开不写，以示敬畏。

这同样也是犹太人的思维方式，就像他们通过“激辩”来扩展歧义，以否定来表达肯定。费尔斯坦纳在《保罗·策兰传》里谈到策兰读海德格尔哲学：“他发现，空无和纯粹的存在这样似错非错的情形再次出现在犹太神秘主义思想里：‘义人立在无中……这个无就是上帝的无。’”[2]对策兰影响颇深的著名犹太哲学家肖勒姆就曾说过：“所有真正的创造全都源自这样的虚无。”[3]另外，基督教神学里的否定神学，可能也对策兰产生影响。否定神学认为，上帝不是世界上任何东西可以描述的，可见的被造的一切都不是上帝，人不可能真正或完全弄清上帝的本质及属性。人对上帝的认识只能通过判断上帝不是什么来展开，而无法确定上帝究竟是什么。所以否定神学以“不是”来表达上帝的本质属性。同样如此，策兰在《赞美

---

① 约翰·费尔斯坦纳《保罗·策兰传》，李尼译，江苏人民出版社，2009年7月版，第199页。

② 同上，第216页。

③ 同上，第220页。

诗》里用“无人”“谁也不是者”称呼上帝，不是说没有上帝，而恰是“对一种更高存在的命名”。[1]

从这个路径再来看策兰诗歌中一再出现的对上帝的命名——“虚无”，我们就不会觉得惊讶了，而且从犹太人的那位上帝，一直到基督教里的那位主，都是“虚无”。策兰的名诗《曼多拉》便直指“虚无”：

在杏仁里——什么站在杏仁里？
虚无。
在杏仁里站着虚无。
那里它站立，站立。

“曼多拉”是意大利语，指的是圣像头上杏仁状的光环，而杏仁这个意象，我们在前面已论述过了，既是犹太女子的“杏仁眼”，也可以是上帝的眼目，总之代表犹太意识。这首诗应该是针对基督教的圣像画而写的，实际上策兰暗示了基督教的这位上帝的犹太来源，即基督教的这位上帝就是犹太人的上帝，他们在杏仁这个意象里显现，是一以贯之的。

那么，杏仁状的光环里，站着什么呢？“虚无”，这是对上帝的指称，上帝是不可言说的，对这个物质世界，他是虚无，虚无的存在。但同时，这个指称里，也未尝不是策兰对上

---

① 保罗·策兰《灰烬的光辉：保罗·策兰诗选》，王家新译，广西师范大学出版社，2021年1月版，第141页。

帝的某种争辩或角力，在犹太人遭难的时候，上帝为何不在？为何也是虚无？在这里，虚无既是对上帝超越属性的敬畏与肯定，又是对上帝不在场的质问与疑惑，这种矛盾对立，在后面的诗句里表达得更为激烈：

在虚无里——谁站在那里？王。
那里站着王，王。
那里他站立，站立。

虚无里站着一位王，自然否定了虚无等于什么也没有。不是的，虚无里是有的，站着一位王，这位王，可以理解为上帝本身，因为他就是王，《圣经》说是“万王之王”，也可理解为弥赛亚，弥赛亚也是王。我比较倾向于后一种解释，因为圣像画只出现于天主教堂，弥赛亚头上有着杏仁状的光环。当然，策兰的情感是激愤的，他无法克制他的抱怨，策兰自己也把他的这种态度，看为是雅各式的与上帝的角力——雅各曾在雅博渡口与上帝摔跤，上帝将他改名为以色列：“因为你与神与人较力，都得了胜。”[1]以色列这个名字，就是与上帝摔跤的意思。同时，策兰也把自己看为无辜遭难的约伯，在困苦中不断与上帝争辩。这种境况，差不多持续了策兰一生。

没有人会对着不存在的东西喋喋不休，纠缠终生，此种方式，或者说彼此之间的关系，实际上已构成了那位“谁也不是

① 《创世记》32:28。

者”的“是”，虚无中的存有。从文本的角度来省视，策兰以否定的态度，在他的诗里建构了一位既是缺席的，又是无处不在的上帝的存在。这是策兰之痛，却也未尝不是他的幸运。因为正是在这样的争辩与角力中，上帝真切地临在于他的诗歌——这可能也是他所始料未及的。当然了，以策兰对犹太特性的“灵命关注”，我们也很难武断地认定就是如此，矛盾与对立本身充满了各样可能性，策兰是不是故意透过这种方式，反而在否定中呈现了犹太人这位上帝的奥秘，就如雅各与约伯在角力和争辩中遇见了上帝？

这种“是”与“不是”、“在”与“不在”的吊诡，我愿意看为策兰的终极悖论，无论对于他的诗还是他的生命，莫不如此。这里面，策兰跟基督教里的上帝的关系更为复杂，基督教信仰的上帝是三位一体的，策兰又曾写“我从两个杯子喝酒”，基督教传统在他身上也发挥着极为重要的影响。但一旦涉及耶稣基督这位主，策兰的态度就变得微妙，不像他跟犹太人的那位耶和华上帝的关系来得那么直截了当，最有代表性的是《熄灯祷告》。熄灯祷告是天主教的仪式，策兰妻子吉赛拉是天主教徒，而且策兰本人一直生活在基督教世界里，可以想见，策兰对天主教仪式是相当熟悉的。策兰在这首诗里，借助熄灯祷告，教堂的灯一盏盏熄灭，沉入黑暗，寓意耶稣受难时“遍地都黑暗了”[1]，这个场景，呈现的却是犹太人在纳粹死亡集中营，被关在毒气室里窒息而死的惨状。

---

① 《马太福音》27:45。

我们在靠近，主，
靠近，伸手在即。

已经触到了，主，
交错，抓紧，彷佛
我们每人的肉体曾是
你的肉体，主。

祷告，主，
为我们祷告，
我们在靠近。

教堂里的熄灯祷告与毒气室里的死亡挣扎奇妙地重叠在一起，难解难分。据说，策兰写这首诗之前，曾读到过有关《最终方案》的研究报告，描述犹太人在毒气室里："人都已经死了，却还紧紧抓住彼此的手。"[①]策兰直接在诗里引用了这个句子，他的哀痛是无以言表的。但这里面有对基督教的上帝的亵渎与抗议吗？我们读来，很难感受得到。相反，策兰似乎对同样受难的主有一种认同感和亲近感。"我们每人的肉体曾是/你的肉体，主。"清晰地说明了两者的关系。犹太人今天的受

① 约翰·费尔斯坦纳《保罗·策兰传》，李尼译，江苏人民出版社，2009年7月版，第121页。

难，如同两千年前同为犹太人的耶稣的受难。“我们去向那水槽了，主。/它曾是血，它曾是/你流出的啊，主。/……我们喝了，主。/这血和血中的圣容，主。”这种苦难里的感同身受深化了无辜者被杀的悲怆，因为耶稣也是无罪被杀的，连主都经历同样的命运，可见人类的罪恶之深。

耶稣个人的经历，他的受难，对策兰是有吸引力的，甚至有同病相怜之感，他很少以渎神者的姿态面对这位被钉十字架的主，倒是有许多诗句用耶稣的受难表达哀伤，比如：“下雪了，妈妈，雪落在乌克兰：/救世主的光环是万千颗粒的愁苦。”（《冬》）[1]这样的诗句，被写在怀念他挚爱的母亲的诗篇里，可见策兰内心对耶稣的真实感受。

但犹太人的大屠杀悲剧，恰恰又是基督教世界带来的，这种张力无处不在，有时候还表现得相当剧烈，比如策兰早年的诗作《迟与深》：

你们警告我们：亵渎！
我们对此完全清楚。
让罪降临于我们。
让带着所有警诫的罪降临于我们，
让滔滔而来的海，
披盔甲的猛烈旋风降临，

---

① 保罗·策兰《保罗·策兰诗选》，孟明译，华东师范大学出版社，2010年9月版，第8页。

让一个夜半的白昼，
那从未成为过的降临！

让一个人从墓穴中出来。

这也是策兰的挑战，既然你是上帝，你就因我们的亵渎来施加惩罚吧，让死人复活吧，来证明你是上帝。策兰的态度是故意冒犯的，但愈到晚年，策兰的情感愈加复杂，时而撕裂，时而融合，因为对于欧洲犹太人，而且以德语作为自己母语的犹太人，基督教与他们的关系太过纠结了，实在是一言难尽。这种张力因此一直得以保留，成为策兰诗歌的显著特点，持续着人与神之间永远无法穷尽的对话。

结语：立着/耶路撒冷立在我们四周

策兰的生命结束在巴黎，但从某种意义来说，也结束在耶路撒冷。耶路撒冷是他一生真正的高峰，他投塞纳河自尽前一年的耶路撒冷之行，实在也是他生活的高光时刻，有关耶路撒冷的几首诗作，表现出了策兰诗歌少见的温情、爱意与明亮的光辉。比如这首《立着》：

立着
无花果碎片立在你嘴唇上，

立着
耶路撒冷立在我们四周，

立着
明亮的松香
在我们感激的丹麦船上，

我站立
在你心中。[①]

这样的诗句，不禁让我们想起《诗篇》里的经文："人对我说：'我们往耶和华的殿去。'我就欢喜。耶路撒冷啊，我们的脚站在你的门内。"[②]"众山怎样围绕耶路撒冷，耶和华也照样围绕他的百姓，从今时直到永远。"[③]策兰肯定是相当熟悉并且极为喜爱《诗篇》的，他也非常向往耶路撒冷，在他流亡的生命中从来不曾忘记耶路撒冷，就如多年前策兰送给萨克斯他翻译的曼德尔施塔姆诗集，用希伯来语抄写的那一段来自《诗篇》的题词："耶路撒冷啊，我若忘记你，情愿我的右

① 保罗·策兰《保罗·策兰诗选》，孟明译，华东师范大学出版社，2010年9月版，第474页。

② 《诗篇》122:1–2。

③ 《诗篇》125:2。

手忘记技巧！”[1]如今，策兰真的来到耶路撒冷，这份感情依旧，并表白说："我清楚，我早就知道，耶路撒冷会成为我生命的一个转折点，一个休止符"[2]。

策兰立在耶路撒冷，或者说，耶路撒冷立在策兰四周，这种如《圣经·诗篇》所说的众山围绕，显然深深震撼了他，他在灵魂深处选择了归回。他的短诗《号角之部》即可看为他对耶路撒冷的深切回应。一直游离于犹太教之外的策兰，在诗中表达出极深的信仰追求，虽然仍是以颇为独特的策兰方式：

号角之部
深入到这炽热的
空白经文
在火炬的高处
在时间之洞中：

聆听你自己
以你的嘴。

《圣经》记载的以色列历史中，每当羊角号吹响，便是以色列人聚集的时候，上帝在西奈山显现，遍地响起角声，律法

① 《诗篇》137:5。

② 约翰·费尔斯坦纳《保罗·策兰传》，李尼译，江苏人民出版社，2009年7月版，第328页。

颁下，以色列人成为上帝的子民，号角自然是犹太信仰的警号。策兰深入“时间之洞”，把信仰化为号角的吹奏与聆听，你的嘴吹响，并聆听你自己，这确实非常奇妙，是“你”在倾听以色列历史的号角响起时刻，还是你在吹响这时刻，抑或你同时都是？这就是策兰的理解，以你的嘴吹响，并聆听你自己。这些词语本身充满歧义，或者是双关语，彼此矛盾对立，却又相辅相成。还有更奇妙的是，《圣经》被称为“空白经文”。这似乎是否定，让“空白经文”对应于上帝的“虚无”，但空白经文何来“炽热的”？显然有另一层意思，空白经文并非真的空白，它隐含的也许是上帝话语的不可知，需要信仰者以自己的信仰生活去践行。

这并不是孤例，前面我们提到的《两极》一诗也是如此。策兰坦陈自己的内心处于两极，“不可逾越”，但他没有放弃，在遥远的隔绝里试图得着神奇的突破，让不可逾越的两极催生出一种力量，来“唤醒我们”：

在睡梦中飞越，来到
救世之门。[1]

这就是策兰的矛盾对立给他带来的匪夷所思的超越，内在的冲突也可能是一条突围之路，策兰真的找到了，虽然这条飞

① 此诗为李尼所译，见约翰·费尔斯坦纳《保罗·策兰传》，李尼译，江苏人民出版社，2009年7月版，第333-334页。

越的路径是在睡梦中显现的，他来到“救世之门”，也即耶路撒冷的金门，将来弥赛亚来临时要打开的门。这扇门对策兰至关重要，正是策兰在对立的两极中的艰难超越，绝望中得以见到了希望，他因而宣告：“说吧，耶路撒冷还在”，只要耶路撒冷还在，就有安慰。如同《诗篇》里所唱的：“愿耶和华从锡安赐福给你！愿你一生一世看见耶路撒冷的好处！”①更如先知以赛亚所预言的，将来的耶路撒冷成为弥赛亚国度的焦点：“末后的日子，耶和华殿的山必坚立，超乎诸山，高举过于万岭；万民都要流归这山。必有许多国的民前往，说：‘来吧，我们登耶和华的山，奔雅各神的殿。主必将他的道教训我们；我们也要行他的路。因为训诲必出于锡安；耶和华的言语必出于耶路撒冷。’”②

在诗的结尾，策兰回到圣经：

我翻页打开你，永远，
你祷告，你使
我们自由。

翻页打开《圣经》，意味着打开上帝的话语，让自己进入与上帝同在的关系里，那是一个爱的盟约，是永远的。哪怕漂流了一生之久，最终策兰的宿命终究还是与犹太人的盼望——弥赛亚有关，与上帝有关。

---

① 《诗篇》128:5。

② 《以赛亚书》2:2–3。

第二章
灰烬的光辉：创伤言说

引言：在石化的誓言里/水泡仍在鼓动

1970年4月20日深夜，还是犹太人逾越节节期中的一天，保罗·策兰在巴黎米拉波桥上投塞纳河自尽，结束了年仅四十九岁的生命。仿佛是他的宿命，多年前，他曾写过一首诗《带着来自塔露萨的书》，摘引茨维塔耶娃的诗句，宣称“所有诗人都是犹太人”，并言及他所喜爱的阿波利奈尔的“米拉波桥”：

来自那座桥
来自界石，从它
他跳起并越入
生命，创伤之展翅
——从这
米拉波桥。

这真的是“创伤之展翅”，预言得以应验，这一夜策兰“跳起并越入”，从米拉波桥沉入水底，如同他当时独居的寓所书桌上打开的荷尔德林传记，上面的一句话他画了下画线：

"有时候，这位天才心灰意冷，沉入内心的苦涩之井。"[①]

同为犹太诗人的耶胡达·阿米亥心怀哀痛，为策兰写了首悼亡诗。他们两人曾于策兰自尽前一年见过面，阿米亥是以色列最负盛名的诗人，也是策兰诗歌的希伯来语译者，策兰造访耶路撒冷时，就在阿米亥家的厨房接受以色列广播电台的采访。

> 保罗·策兰。接近尾声时，你内心
> 词越来越少，每个词在你体内
> 都变得如此沉重，
> 以至于上帝把你像个沉重的负担
> 一样暂时放下，也许他是为了
> 喘口气、擦擦额头。
> 然后他离开你，拾起一个更轻的负担，
> 另一位诗人。但从你
> 溺水之嘴里冒出的最后的气泡
> 是最终的浓缩，是你生命之沉重的
> 泡沫浓缩物。[②]

阿米亥也许是最能理解策兰处境，洞悉他内心痛苦和沉重负担的犹太同胞兼同行。策兰晚期诗歌用词越来越节俭、简

---

① 约翰·费尔斯斯坦纳《保罗·策兰传》，李尼译，江苏人民出版社，2009年7月版，第350页。

② 阿米亥《保罗·策兰》，丁苗译，雅克·德里达等《最后的言者：为了保罗·策兰》，上海文化出版社，2023年6月版，第9页。

约，分量却越来越重，以至于他的生命都难以承受，连“溺水之嘴里冒出的最后的气泡”，也成了沉重的浓缩物。阿米亥的这句诗并非只是一个比喻，我认为是有所指的，即指向策兰那首言说创痛与死亡的杰作《灰烬的光辉》，那也是策兰一生的写照：

灰烬的光辉
在你震颤受缚的手后
在交叉路口。

那曾经的蓬提斯海，这里
一滴水
落在
淹溺的船桨上，
深处
在石化的誓言里
水泡仍在鼓动。

面对大屠杀后的世界，犹太哲学家雅克·德里达一再论述“灰烬”这个意象，将大屠杀、残存、死亡、记忆、哀悼等主题与灰烬交叉在一起，他说：“我会选择灰烬作为表达我所称之为痕迹的东西的更好范式——那是某种在呈现自身的同时将自身完全、彻底涂抹掉的东西。”[①]策兰这首诗里所要表达的，正是从灰烬与踪迹中寻找见证。德里达认为，这就是“诗的见证”，他借策兰的《灰烬的光辉》进一步阐释灰烬的意义：“灰烬，这同时也是指那湮灭或威胁要将见证的可能性毁于无形的东西。灰烬是那没有残留，没有记忆，没有可读或可辨的档案的湮灭之形象。这也许会让我们想到这可怕的东西：湮灭的**可能性**，见证**真的**消失不见，但是，它同时也让我们想到见证的能力。这将是见证的唯一条件，那作为其不可能性的条件的唯一的可能性条件——自相矛盾和绝境。”[②]

灰烬与见证，确是一个悖论，其实，石头与水又何尝不是？策兰的意象在不断扩展，“一滴水/落在/淹溺的船桨上”，船桨被水淹溺，构成了世界的极度荒谬，进一步说，连船桨都会淹溺，那么还有什么能逃脱死亡呢？所以才有了下面这一句：“在石化的誓言里/水泡仍在鼓动。”大屠杀之后，我们面临的是一个石化的、灰烬的人类废墟，策兰这里的“誓言”到底指什么，很难确定，我觉得可能与上帝的应许有关，犹太人是上帝的子民，上帝应许保守他们、拯救他们，可大屠杀让犹太人发现上帝“不在”，连全能者的“誓言”都化为了石头。这里的“石化”也许有双重含意，当年以色列人出埃及，摩西在西奈山从上帝手里领受了写在石版上的“十诫”，

① 耿幼壮《火焰与灰烬之思——德里达的“符号学”》，《敞开的视界》，北京大学出版社，2016年8月版，第51页。

② 同上，第59页。

石版与“石化”似乎有某种重叠关系，其词义是否另有深意，难道指上帝的话本来就是石化了的誓言?

但重要的是这一句：“水泡仍在鼓动。”淹溺中的水泡，那是生命绝望的挣扎，也可视为生命对于死亡的见证。哪怕整个世界都石化了，仍有生命以微弱的水泡发出证词。

无人
为这见证
作证。

这是《灰烬的光辉》的结尾，德里达认为，要理解这首诗的结尾，还得回到开始，这首诗的开始就是灰烬之光，这光就是开始之开始。德里达把灰烬之光与《圣经·约翰福音》里的“太初有道”联系起来，“如果对于约翰来说这词语（道）是光，在这里它是灰烬中的光辉。太初【诗的开始】有（道【词语】的）灰烬之光。”[1]按着这样的理解，那么，实际上“无人”当然并非指没有人，没有人为这见证作证，那见证又有何意义呢?策兰是个“在石化的誓言里”，都要让“水泡仍在鼓动”的非凡执着的诗人，像雅各一样的角力者、像约伯一样的争辩者，他的见证有更高的指向，即指向那位不在场的“虚无”的上帝，“无人”是更高存在的指称。如果人的见证没有

① 耿幼壮《火焰与灰烬之思——德里达的“符号学”》，《敞开的视界》，北京大学出版社，2016年8月版，第59-60页。

更高存在的见证，终究也是枉然。

因而，从这个角度看，这首诗的结尾，是否可以理解为，惟独“无人”，这位非人类所能定义的上帝，为大屠杀悲剧，为死亡的黑暗，也为“灰烬的光辉”做见证。而只有这个见证，才具终极意义。德里达坚持认为，这首诗应该与死亡有关，甚至与自杀有关。他说：“应该可以确证，这首诗是一首以**死亡为主题/主体**的诗，是一首死亡**之**诗，是一首谈论**这样的**死亡的诗。”[①]

让我们回到阿米亥的悼亡诗，与德里达一样，阿米亥也真正读懂了策兰的诗与生命，他的那句“溺水之嘴里冒出的最后的气泡”与策兰诗里“在石化的誓言里/水泡仍在鼓动”形成了对应关系，如果我们把“水泡”理解为乃是生命对抗死亡的证言的话，那么，阿米亥所说的“生命之沉重的/泡沫浓缩物”，岂不亦是策兰生命的见证吗？没错，策兰最后的死，也是大屠杀与大屠杀后遗症的见证，他自己所定义的“灰烬的光辉”。

可以说，大屠杀与大屠杀后遗症是策兰诗歌的重要主题，死亡是策兰诗歌的重要内容。他自己说过他要握住死亡（“你曾是我的死亡：/你，我可以握住”《你曾是》），透过对死亡的描写，策兰抵达了大屠杀以及大屠杀后遗症所带来的永久创伤，他一生的诗歌写作，也可视为对创伤的触摸与敞开。那

---

① 耿幼壮《如何展露一个文学的秘密？——以德里达读策兰的一首诗歌为例》，《敞开的视界》，北京大学出版社，2016年8月版，第16页。

是他生命中的内在绞痛，其中的挽歌色调，并非悼念六百万被杀的犹太人那么简单，而有着耶利米哀歌的底色，寄寓着犹太民族、文化、传统、记忆遭受毁灭的家国悲哀。犹如策兰曾经的恋人巴赫曼在她的小说《马琳娜》里，借一个陌生人之口，替策兰说出的那句沉痛告白："我的民族比世界上任何民族的历史更悠久，这个民族已经播撒在风中。"[①]从而也把创痛指向了人类的集体记忆，成为人类的普遍且恒久的伤痛。最终，策兰的人类创痛还被赋予了神学维度，其终极指向，则是面向"更高存在"的言说，那才是策兰诗歌要握住死亡，写出"灰烬的光辉"的终极意义。

下雪了，妈妈，雪落在乌克兰

大屠杀的创痛首先是从策兰自己和他父母开始的。1942年6月，策兰父母被送往位于乌克兰的死亡集中营，大约一个月后，策兰也被押往纳粹的劳动营，强迫修筑公路。策兰的早期诗歌，有许多写于强制劳动期间，他已经历了死亡的威胁，他在《黑暗》一诗里说："死亡渐露端倪。"[②]不祥的阴影笼罩着他，像盘旋的翅膀"扑棱疾飞"，无法摆脱。"夜的/白

① 约翰·费尔斯坦纳《保罗·策兰传》，李尼译，江苏人民出版社，2009年7月版，第60页。

② 保罗·策兰《我听见斧头开花了：保罗·策兰诗选》，杨子译，北京联合出版公司，2021年8月版，第4页。

骨，/落成一片灰：/捏在手心还滚烫嗞嗞作响”[1]，这是《异乡兄弟之歌》，“白骨”“灰”等日后描述大屠杀创伤的意象，在他诗里占了醒目的位置。《夜曲》则基本上代表他这一时期的真切感受：“别睡觉。得留神。/白杨树以踏歌的脚步/和军队一起行进。/池塘全是你的血。”战争带来恐怖和血腥，死亡成为疯狂的主宰，“绿色骨骼在里面跳舞。/有一个甚至撕碎了浮云”，策兰从一开始就把死亡写成有生命、有力量的东西，他的青春惨遭毁灭，“你的梦被长矛刺出了血”，他因此看清了这世界：“世界是一匹阵痛的兽，/光秃秃爬行在月夜下。/上帝是它的嚎叫。我/害怕，并感到寒冷。”[2]

诗人是敏感的，他的预感很快得以证实。1942年秋，策兰父亲在集中营死于斑疹伤寒，几个月后，严冬时节，策兰得到母亲被纳粹枪决的消息，一粒铅弹击中了她的颈脖。死亡在他至亲的亲人身上降临，这一年的冬天特别冷，以至于策兰的心完全被来自乌克兰的大雪所覆盖。

下雪了，妈妈，雪落在乌克兰：
救世主的光环是万千颗粒的愁苦。
在这里，我的泪水够不到你。

---

① 保罗·策兰《保罗·策兰诗选》，孟明译，华东师范大学出版社，2010年9月版，第4–5页。

② 同上，第7页。

往日的招手只留下那默默傲世的一别……[1]

雪是他哀伤的纪念，除了这铺天盖地的愁苦，他再也没什么可拥有的了，所以，他问："那会是什么呢，妈妈：成长还是创伤——/是否我也陷进了乌克兰的积雪？"这年策兰二十三岁，他是家中唯一的幸存者，从此成了孤儿。死亡带来的创痛，就这样尖锐地刺透了他的成长，让他一生都陷在乌克兰的积雪里难以自拔。

稍后一段日子，策兰写下了另一首有关父母死亡的诗作《黑色雪片》，从"雪落下，黯然无光"，到"一个或是两个/月亮过去了"，不光是色彩和视觉感受的变化，他的心完全陷入黑暗，触摸到创痛的毁灭性实质——那是个巨大的飞跃，从此"黑雪"这个充满悖论的意象成为现实，锲入他的生命，直到《死亡赋格》里以更锐利的"黑色牛奶"的意象再度呈现。

《黑色雪片》通过回忆，引出母亲来信，告知集中营的恐怖，她祈求儿子给她一块布，"当那些战盔闪射我用它遮住自己"，其实那是块"血布"，沾满了历代被杀犹太人的鲜血，母亲是何等惊恐不安。而最惨烈的，莫过于父亲的死讯："当玫瑰色的浮冰裂开，当飘雪筛着/你父亲的骨灰，马蹄踢出/雪松之歌……"《雪松之歌》是犹太歌谣，寄托着流散世界各

① 保罗·策兰《保罗·策兰诗选》，孟明译，华东师范大学出版社，2010年9月版，第8页。

地的犹太人对失去的家园的向往，在犹太复国主义第一次代表大会上，曾被当作国歌歌唱："在那浮云亲吻雪松的地方，约旦河滔滔奔流；那是我先人遗骨安息之地，田野喝了马加比的血：这片紧靠蔚蓝海岸的美丽土地，是我可爱的家乡。"[①]诗中"雅各神圣的血"，指的是以色列人的先祖雅各，他的名字就叫以色列。"被斧头祝佑"，则是指被杀戮，语含反讽。本来雅各和他的后裔是应该受到上帝祝佑的，但事实是，他们一直被杀戮。短短的几句诗行，构成了以色列历史与文化的犹太根源，这些连同策兰父亲和成千上万犹太人，都在大屠杀中毁灭了。诗的最后，诗人回到自身，再次将成长与伤痛并列在一起，他动情地呼唤母亲：

秋天流着血去了，母亲，冰雪灼烧着我：
我找出我哭泣的心，我发现——哦夏天的呼吸，
它就像是你。
而我的泪涌出。我编织着这块布。

此处引用的是王家新的翻译，别的译者对"这块布"有不同的译法，李尼译为"披肩"，孟明则译为"头巾"，从词意的前后连贯来说，孟明的翻译更可取，跟诗的第二段母亲来信提到"战盔闪射"要"遮住自己"的情景相呼应。但究其诗意

① 见《保罗·策兰诗全集第二卷：罂粟与记忆》，孟明译，华东师范大学出版社，2017年8月版，第213页。

的内核以及寓意，我觉得王家新译为抽象的“布”最为精准，既是写实，也是双关语。策兰的另一位传记作者沃夫冈·埃梅里希评论说：“在这首诗里，已经明显能够看出诗学的维度……将眼泪的流淌视为大屠杀后诗歌创作的基础，即前提条件。大屠杀之后，只有由此织出的织物，只有源自这一‘基础’的文本结构，才具有合法的身份。一切立足于哀悼，立足于眼泪之源，这是1945年后的文学创作无法逾越的前提。”[①] 埃梅里希把这块“布”同时看为诗歌文本，策兰在大屠杀后的写作，就是从哀悼父母的眼泪里开始编织出人类悲歌。这是非常有洞察力的发现，策兰的创伤敞开了，他以泪水、哀悼和创痛织出他的诗篇，并且越织越紧，最终已不像是布，而如一块石头——紧密、坚硬、沉重。

这一时期策兰悼念母亲的著名诗作还有《墓侧》《白杨树》等，哀歌的笔调糅合着自己漂泊的命运，将成长的创伤袒露无遗。其间策兰从家乡切尔诺维兹流亡到布加勒斯特，再到维也纳，终于定居巴黎。无论走到哪里，父母的死刻下的伤痛一直留在体内，他是个带着创伤生活并行走的人，他随时感受着创痛的来袭，且整个过程都与他的个人命运与成长密切关联。

> 你母亲的灵魂逡巡在前。
>
> 你母亲的灵魂在夜里为你导航，暗礁连着暗礁。

---

① 沃夫冈·埃梅里希《策兰传》，梁晶晶译，南京大学出版社，2022年1月版，第60页。

你母亲的灵魂在船头为你鞭打鲨鱼。

这首诗题目就叫《旅伴》，母亲的灵魂还活着，是他的旅伴，为他的人生护航。《两人同行》里，死去的父母也一直活在他的生活当中，与他时时发生着关系。“那死去的两人在水里游，/在酒里他们也成双地游。/他们的酒泼洒在你的身上，/死者成双成对地游。”他们好像幽灵，但又真切地穿越时空而来，“他们的酒泼洒在你的身上”，读来令人心惊，原来死去的父母还可以把酒洒在他身上。那么他呢？他如何与死去的父母相处？“现在再次投下你的骰子，/在这两人的一只独眼里潜入。”这是诗的结尾，骰子代表命运，眼睛表示注视，从这句诗里我们可以猜想，父母一直在注视着他，他惟有响应命运的召唤，从父母注视的目光里，进入他们里面。至于为什么是“一只独眼”，孟明把这一句译为“跳进两人一眼睛”，可能是说父母生死在一起，他们的注视过于专注，两人的目光合而为一，用同一只眼睛看世界。这个意象传达出的父母的孤独与爱的专一，还是让人能够感受得到的。

策兰对父母的悼亡，随着时间的推进，反而越来越进入生活层面，死去的父母在他的生活里时隐时现，陪伴他一起成长。但愈是这样，创伤愈大愈深，难以愈合。这也是策兰写死亡的特别之处。死亡不是终止，不是结束，死亡是毁灭的开始，是灾难与伤痛的延续，它与活着的生命彼此缠绕，相辅相成。

《记忆》是策兰这种思想情感的集中表现，意义却更为宽广深邃，把父母的死与犹太民族联结在一起。

心灵被无花果喂养，
思想回到那一刻
在死者的杏仁眼上。
喂养，被无花果。

许多译者和学者都主张“心灵被无花果喂养”指的是策兰精神上与荷尔德林的关联，因为荷尔德林的《追忆》一诗有这样的句子：“然而，在庭院里有一棵无花果树生长。”策兰受荷尔德林影响不言而喻，不过此处的“无花果”是否指荷尔德林和他的诗作，我觉得值得探讨。策兰的这首诗写的是思念父母，首先他父母跟荷尔德林没什么关系，这是肯定的。如果说，诗里“心灵被无花果喂养”的这个人是诗人自己，那么，他在精神上受荷尔德林影响与他思念父母有什么关系呢？其次，有学者认为荷尔德林的诗也写到大海，“但记忆/回归大海，源自大海”[①]，策兰曾在这些诗行下做过标记，他的《记忆》接下来也写到大海：“浸透在海风的呼吸里，/这遇难的船/额头，/悬崖姐妹。”不过，策兰的大海是一场灾难，显然与荷尔德林所表达的大海是两回事，把它们联系在一起，多少有些牵强。

① 见约翰·费尔斯斯坦纳《保罗·策兰传》，李尼译，江苏人民出版社，2009年7月版，第87页。

我认为，策兰这首诗里的无花果指的是以色列，是犹太传统和犹太精神特性的象征，《圣经》说到以色列，常用无花果来比喻，比如《何西阿书》："主说：'我遇见以色列如葡萄在旷野；我看见你们的列祖如无花果树上春季初熟的果子。'"[①]《耶利米书》说到两筐无花果："一筐是极好的无花果，好像是初熟的；一筐是极坏的无花果，坏得不可吃。"[②]指的是信靠上帝的犹太人和悖逆上帝的犹太人。"无花果树下安然居住"[③]则指以色列人在应许之地安居乐业的美好生活。无花果还有医治的功用，《以赛亚书》记载希西家王病得要死，求上帝医治，上帝的话临到以赛亚："以赛亚说：'当取一块无花果饼来，贴在疮上，王必痊愈。'"[④]

结合《圣经》的这些经文，我们不难看出，无花果的多重意义，最核心的信息，乃是指以色列与犹太人，以及犹太特性。这个意象，与策兰自杀前一年造访耶路撒冷所写的《立着》，其意蕴是相同的，"立着/无花果碎片立在你嘴唇上"[⑤]充满了犹太气息。实际上《记忆》这首诗本身也提供了佐证，策兰接着提到"死者的杏仁眼"，杏仁在《圣经》里有特别含意，前文已有论述，主要是指上帝眼目的看顾保守，策

---

① 《何西阿书》9:10。

② 《耶利米书》24:2。

③ 《列王纪上》4:25。

④ 《以赛亚书》38:21。

⑤ 保罗·策兰《保罗·策兰诗选》，孟明译，华东师范大学出版社，2010年9月版，第474页。

兰诗里，“杏仁眼”多指母亲的眼睛，费尔斯坦纳指出：“在策兰看来，杏仁代表犹太意识。”[①]这里同样如此，策兰坦陈自己作为犹太人身上的犹太特性，他是被无花果喂养的，他追忆起母亲的杏仁眼，再次强调：“喂养，被无花果。”然后切入写海难的这一段，点明了父母的死，他们是作为犹太人被杀的，于是将个体命运与整个族群彼此相连。

“而在你的白发上/那放牧的浮云羊毛/增长。”这是诗歌的末尾，出现的是策兰父亲的形象，他的白发如“那放牧的浮云羊毛”，还在“增长”，这个画面惊世骇俗，也极具想象力，父亲已死，白发居然仍在增长，显然是指大屠杀并没有过去，死亡的创痛延续至今。策兰所用的意象如此耀眼，白发如浮云和羊群，充满天地之间。

由此可见，策兰从对父母的悼念，开始往深处挖掘，衔接上了犹太根源。作为一个犹太家庭的毁灭，是群体灭绝背景中的一个个体事件，却又是群体命运的写照，埃梅里希的评论可谓一语中的：“策兰希望将大屠杀、自身的以及家庭的经历，嵌入三千多年犹太文化的精神语境。”[②]

有一点非常奇妙，在《记忆》里，父亲老了，死亡没能阻止他白发增长，但在策兰的另一些悼亡诗里，死去的母亲反而变得越来越年轻，成为策兰的“姐妹”，而“姐妹”这个词，

---

① 约翰·费尔斯坦纳《保罗·策兰传》，李尼译，江苏人民出版社，2009年7月版，第71页。

② 沃夫冈·埃梅里希《策兰传》，梁晶晶译，南京大学出版社，2022年1月版，第144页。

在策兰诗里经常出现，是他对犹太女性的特指，构成犹太特性的美好载体。

以冷轧的金子，如你
所嘱咐我，母亲，
我打造烛台，由此
在碎裂的时间中
使我变暗上升：
你这
死者之躯的女儿。

这首《在一盏烛火前》一开始就充满犹太元素，金灯台是犹太信仰的代表性器物，据《出埃及记》记载，上帝指示摩西制造会幕，吩咐他用精金打造灯台，现在以色列的国徽图案便是金灯台。这首诗里，母亲吩咐诗人打造烛台，是对自己与儿子身份的定位，其意义不言而喻。诗人在烛光中看见母亲，母亲竟然恢复了女儿身，仿佛死亡凝固了母亲的青春。当然，从另一角度来说，是诗人在现实中变老了，这就是“碎裂的时间”带来的结果。但这是现实的残酷，还是死亡有别样的深意？读来令人心碎，死了仍然像活着一样年轻的母亲，成为诗人的“姐妹”的母亲，岂是对死亡的颂赞吗？抑或是策兰透过死亡，握住死亡，得以看见的“灰烬的光辉”？

这里面的情感可谓一言难尽。策兰接下来不断重复“以三者的名义”，构成双关语和多重歧义，既可能是犹太人安息日祝祷“主，我等的神，世界的王”[①]，也可能是基督教神学里的圣父、圣子、圣灵“三位一体”，更可能是诗人与父母的三人家庭，或者兼而有之。诗人内在的绞痛越发剧烈，最终，他喊出了这样的诗句：

在死亡的这边和那边：
你留下，你留下，你留下
一个死人孩子，
奉献我渴望的“不”，
嫁给一个时间的裂隙，
我母亲的教诲把我引向前去
哪怕只有一次
手的颤抖，
再次再次把我抓到那心上！

“一个死人孩子”指的是策兰长子福兰绪，生下没几天便夭折了，策兰为他写过《给福兰绪的墓志铭》，从母亲的死，到儿子的死，死亡贯通了这一家祖孙三代的命运，虽然福兰绪的死可能是意外，但谁能肯定，它与大屠杀和大屠杀后遗症就没有一点关系呢？真正值得关注的是，大屠杀的死亡创痛延续下来了，死去的母亲成为引导者，“把我引向前去”。

---

① 见《保罗·策兰诗全集第三卷：从门槛到门槛》，孟明译，华东师范大学出版社，2022年9月版，第161页。

策兰的诗极度简约，尤其到后期，词义浓缩、断裂，给阅读带来障碍。但其实策兰诗歌的情感始终是非常饱满的，甚至强烈到撕心裂肺的程度。这首诗的结尾也是如此，超越生前死后的时空分裂，死亡的伤痛时时抓紧他的心——这就是死亡的真相与创痛的意义，它从过去指向未来，从父母指向犹太民族，也指向今天出生的孩子；那便是“灰烬的光辉”，如他诗里所说的：“那言说阴影者，言说真实。”（《说，你也说》）巴伦特评论说：“这种为把真相——痛苦地——带到世上而言说阴影的方式，标记了策兰的所有写作”[①]。

我们在空中掘一个坟墓躺在那里不拥挤

从父母的死亡到孩子的死亡，只是个体的死亡创痛，策兰更为沉重的笔触，同时也伸向整个犹太民族的死亡创伤，策兰在这方面是完全有意识这样做的，不仅仅因为犹太民族在20世纪经历了大屠杀，事实上在此前的两千多年，犹太民族已无数次遭受逼迫与杀戮，策兰对此有切肤之痛。孟明指出：“追忆父母之死，如同揭开难以抚平的伤疤。对策兰而言，这种追忆

① 何塞·安赫尔·巴伦特《在黑暗的天空下》，尉光吉译，雅克·德里达等《最后的言者：为了保罗·策兰》，上海文艺出版社，2023年6月版，第62页。

不惟是个人的伤痛，更是民族记忆之伤。”[①]

策兰的代表作《死亡赋格》便是民族伤痛的深刻展示。《死亡赋格》写于1944年至1945年间，正式发表于1947年，从发表的角度说，是策兰的处女作。其实策兰之前已创作了数十首诗歌，且不乏名作，但他在文坛的公开亮相和第一次使用保罗·策兰这个名字，都是从《死亡赋格》开始的。这实在意味深长，似乎也预示着他一生诗歌创作的宿命，是为大屠杀死难者代言，站在伤痛之中，直到最后他自己也被伤痛所吞噬。

《死亡赋格》一开始的诗句便不同凡响，“黑色牛奶”这个矛盾的意象不光带来视觉冲击力，也是一种致命的生与死的悖论，本来牛奶是维持生命的养料和源泉，但黑色牛奶无疑是毒药，是对生命的毁坏。纳粹集中营等同于死亡，生命等同于毁灭，一切的生存也意味着被杀戮、被戕害。“清晨的黑色牛奶”不断重复，在“我们喝呀我们喝”的复沓中，策兰以渐强的节奏、韵律推进了死亡的步伐，这也是这首诗散发奇异魔力之处——动人的音韵隐藏着大屠杀悲剧。如同诗人在后面的诗句里，将纳粹强迫犹太人挖掘坟墓与给舞蹈伴奏并列，形成对位关系，用艺术的优美反衬杀戮的残忍。也因此，这首诗的形式美感，包括节奏与韵律美感，容易带给人以误解，有评论者认为策兰美化了大屠杀，这实在是无稽之谈。但从审美上，不能不说引起这种误读是有原因的，策兰后来拒绝再以这首为他

① 孟明《时间与门槛》，见《保罗·策兰诗全集第三卷：从门槛到门槛》，孟明译，华东师范大学出版社，2022年9月版，第72页。

赢得巨大声誉的诗歌形式来复制成功，宁愿《死亡赋格》成为他诗歌艺术，尤其是音韵节奏方面尝试的孤例，直到他在《密接和应》（又译《紧缩》）里找到了另一种节奏和韵律，充满断裂与破碎的痛苦，这才完成了他对《死亡赋格》艺术形式的发展。就艺术表现而言，《死亡赋格》和《密接和应》都做到了极致，又相辅相成，让质疑者不得不偃旗息鼓。

“我们在空中掘一个坟墓躺在那里不拥挤”，这句是《死亡赋格》的核心。策兰曾解释他写的集中营都是真实的，就如“黑色牛奶”是真实的一样，“在空中掘一个坟墓”也是真实的，策兰排除了超现实主义表现的说法，还原了死亡集中营的本质真实。同是大屠杀幸存者的普里莫·莱维在《被淹没与被拯救的》一书中，记述纳粹的暴行：“最初的措施，可怖到让人难以启齿，是把尸体，成千上万的尸体，草草地堆积埋葬在巨大的万人坑中。”后来要销毁证据，“集中营的囚犯们被迫挖出那些可怜的遗骸，堆在空地的柴堆上烧成灰烬”。[1]

真相就是如此，纳粹命令犹太人在地上挖掘坟墓，把他们杀死，推入焚尸炉焚烧，犹太人化为灰烬和烟雾，消散于空中。策兰后来在《布满骨灰瓮的风景》里写过这种惨景：“布满骨灰瓮的风景。/对话/从冒烟的嘴到冒烟的嘴。”“冒烟的嘴”自然指烟囱，多少犹太人被烧成烟缕，这便是空中的坟墓。“躺在那里不拥挤”，不是遇难者不够多，实在因为天空

① 普里莫·莱维《被淹没与被拯救的》，杨晨光译，中信出版集团，2017年10月版，第5页。

太大了、太空旷了，烟雾太轻了、太薄了！策兰无非将挖坟与化为烟缕这两种意象直接拼接在一起，省略了中间环节，看上去更加触目惊心。

《死亡赋格》最震撼的画面，是将从焚尸炉、灰烬、烟缕等意象中得来的灵感浓缩于一个女子的头发上，并与另一个女子并列：

> 你的金色头发玛格丽特
> 你的灰烬头发苏拉米斯

“灰烬头发”是王家新刻意为之的译法，北岛、孟明、李尼等都译为“灰发”，当然这个“灰发”也是指灰烬颜色的头发，但从字面效果来看，确实译成“灰烬头发”更直接，也更逼真。玛格丽特是德国民族的象征，这个名字来源于歌德的经典《浮士德》，金发无疑是德意志女子荣耀的标志。同样，苏拉米斯（又译书拉密）也是犹太民族的象征，这个名字则来源于圣经《雅歌》。她是所罗门王的恋人，《雅歌》形容她：“你这女子中极美丽的”[①]“我的佳偶，我的美人”[②]；她被视为爱情的化身，“我妹子，我新妇，你的爱情何其美！你的爱情比酒更美！你膏油的香气胜过一切香品！”[③]以至于耶路

---

① 《雅歌》1:8。

② 《雅歌》2:10。

③ 《雅歌》4:10。

撒冷的众女子都在呼唤："回来，回来，书拉密女；你回来，你回来，使我们得观看你。"[1]

就是这样一位秀美至极的少女，她的紫黑色头发，现在变成了灰烬头发，那是焚尸炉焚烧后的死亡颜色，犹太民族美的生命被毁灭了。而《雅歌》里的爱情，除了抒写所罗门王与书拉密女的人间之爱，也寓意上帝与以色列的爱，特别圣洁。诚如《雅歌》所吟唱的："爱情，众水不能息灭，大水也不能淹没。"[2]在犹太传统中，逾越节期间要诵读《雅歌》，以此表达上帝与以色列间的特别关系——婚姻的盟约，永远的爱。费尔斯坦纳指出："舒拉密（又译书拉密）就扮演着返回锡安之应许的角色，犹太奥秘传统将她理解成上帝的临在"[3]，由此可见，纳粹要摧毁的是何等宝贵的生命与爱情，甚至是上帝的应许与临在。这是犹太民族最深切的悲哀与创痛，标志着整个犹太族群和犹太历史文化，乃至于信仰将被连根拔起，归于大毁灭。

《死亡赋格》远远超出个人痛苦，并远远超出犹太民族的痛苦，它是策兰影响最大的诗作，也是20世纪影响最大的诗作，被誉为"20世纪最不可磨灭的一首诗"[4]，有人称这首

---

① 《雅歌》6:13。

② 《雅歌》8:7。

③ 约翰·费尔斯坦纳《保罗·策兰传》，李尼译，江苏人民出版社，2009年7月版，第41页。

④ 王家新《保罗·策兰诗歌批评本》，华东师范大学出版社，2021年5月版，第25页。

诗和其作者为“战后欧洲的‘格尔尼卡’，成为历史的代言人”[1]。费尔斯坦纳在论及《死亡赋格》的意义时，指出它已“成为‘奥斯维辛之后’这一诗歌类型的基准”[2]。

实际上对策兰本人来说何尝不是如此，他此后的诗歌写作，关于犹太人大屠杀的悲剧的，其内涵都是沿着《死亡赋格》这个路径开掘下去的，接连涌现出《熄灯祷告》《炼金术》《密接和应》《大地就在他们身上》等力作，形成了极具分量和个人面貌的系列作品。他要“挖空黑暗”（《花》），揭开更大的创伤，暴露内在的绞痛，把民族创痛的言说提到一个新高度，直达人类幽暗的最深处。

这些直面大屠杀与大屠杀后遗症的系列诗作，在意象的生发与主题的拓展上颇具关联，比如从挖掘坟墓，到焚尸炉，到烧焦的肉体，到毒气室里的挣扎，再到化为烟缕，等等。每一首都写到了极致，又层层递进，如果综合在一起看，各首诗歌交相呼应，彼此深化，仿佛交响乐一样蔚为大观。

先来看《死亡赋格》里的“挖掘坟墓”，策兰以超凡的感觉，由表及里，写出了“坟墓”所在的四个空间：“在空中掘一个坟墓”“在地上掘个坟墓”“在风中掘个坟墓”，最后，“在云彩里你们就有座坟墓”。这绝不是幻觉，策兰要营造的是集中营处处都是坟墓的景象——不，是这个世界对犹太人来

---

① 约翰·费尔斯坦纳《保罗·策兰传》，李尼译，江苏人民出版社，2009年7月版，第28页。

② 约翰·费尔斯坦纳《保罗·策兰传》，李尼译，江苏人民出版社，2009年7月版，第28页。

说处处都是坟墓，连空中都是——哪怕你烧成了烟逃到天上，逃进云彩，那儿也是犹太人的葬身之地。

到了《大地就在他们身上》，策兰继续着“挖掘坟墓”这个意象，但不是往别的空间发展，而是朝深处开掘。一群死于大屠杀的犹太人，他们被埋在地里，也许他们生前一直被纳粹命令着为自己挖坟，他们死了还在挖个不停。“大地就在他们身上，而且／他们在挖。／他们挖呀挖呀，就这样／白昼去了，黑夜去了。”[①]无论意象、节奏，还是主题，都与《死亡赋格》有连贯关系，寓意却明显深化了，《死亡赋格》里活人为自己掘坟，到了《大地就在他们身上》，埋在地里的死人为自己挖坟，完全是难以思议的疯狂画面，却是死亡集中营对人性戕害的极致表达。“我挖，你挖，虫子也在挖，／歌者在那里说：他们挖。”大家挖得不亦乐乎，连虫子也加入进来，这种悲哀真是无以言表，还有人在那里歌唱，与《死亡赋格》里犹太人一边挖掘坟墓、一边为舞蹈演奏何其相似，悲剧性与苍凉感却大大增加，把情感推向绝境。

> 哦有一个人，哦没人，无人，哦你：
> 去哪，既然无路可去？
> 哦你挖我也挖，从我挖到你，
> 直到我们手上的指环醒来。

---

① 保罗·策兰《保罗·策兰诗选》，孟明译，华东师范大学出版社，2010年9月版，第183页。

见证的缺席，直指人类良知的荒芜。一连串的“有一个人”“没人”“无人”，否定之否定，再否定，如同梦呓，让整首诗的去向处于暧昧之中，好像有一个人，又好像没人，谁也没看见这群死人在那里挖坟，这群死人只是自己在挖个不停。多么悲哀，几百万犹太人的死如此孤独，只是自己不停朝向死亡，但否定之否定后的再否定，“无人”，这个词与前面的“没人”已有不同，它从前面衍生而来，却似乎指向“更高的存在”。这里策兰表达的是诘问，还是绝望的叹息，很难判断，有一点倒可以肯定，策兰所有有关大屠杀的见证，都同时提示着一位更高的存在。

除了不停地挖坟，这群死人无路可去，最后是“你挖我也挖，从我挖到你”，死人挖到死人，纳粹大屠杀的群体灭绝惨景赫然呈现。最后一句意味深长，“直到我们手上的指环醒来”，指环一般指婚戒，代表婚姻的神圣盟约，从犹太传统来说，以色列是上帝的新妇，婚戒也代表上帝对以色列永不改变的爱与应许，哪怕以色列犯罪堕落，上帝仍然遵守承诺。《以西结书》说得很明白：“我从你旁边经过，看见你的时候正动爱情，便用衣襟搭在你身上，遮盖你的赤体；又向你起誓，与你结盟，你就归于我。这是主耶和华说的。”[①]还有《耶利米书》：“耶和华如此说：‘你幼年的恩爱，婚姻的爱情，你怎样在旷野，在未曾耕种之地跟随我，我都记得。’”[②]至于

---

① 《以西结书》16:8。

② 《耶利米书》2:2。

《雅歌》里那句刻骨铭心的表白："求你将我放在心上如印记，带在你臂上如戳记……爱情，众水不能息灭，大水也不能淹没"[①]，更是以色列与上帝之间爱的证言。如今，死人挖到死人，把手上的戒指挖醒了，我个人认为，这正是策兰所表达的最深切的哀痛，仿佛在说，犹太人的上帝啊，戒指犹在，应允何存？

《熄灯祷告》也有类似场景，天主教的熄灯祷告仪式，以耶稣被钉十字架时"遍地都黑暗了"为背景，策兰在这种气氛下引入犹太人在毒气室窒息至死的惨状，他们的手彼此抓在一起："我们在靠近，主，/靠近，伸手在即。/已经触到了，主，/交错，抓紧，仿佛/我们每人的肉体曾是/你的肉体，主。"这里面，策兰的情感更为复杂，已不再是单纯的质问所能表达，因为耶稣受的苦难，策兰似乎认同着被杀的犹太人与同是犹太人的耶稣之间血肉相连的关系，如果说这里面可能仍有反讽的话，也已被主的一同受难所淹没。从中我们可以看到，策兰对大屠杀创痛的揭示，始终保持着神学维度，不管是抗议、质问，还是反讽，甚至否定，他都不让上帝缺席，哪怕用"无人""虚无"来指称上帝，却反过来指证了更高存在的本质与意义。

沉默，如熬炼过的金子，在
炭化了的

① 《雅歌》8:6–7。

手中。

这首《炼金术》对意象的锤炼和主题的深化也极具震撼力，一开始就展现出烧成灰的遇难者，他们面对杀戮的沉默。策兰的表达是反过来的，好像化成灰的犹太人还活着，炭化的手握着如金子的沉默，这幅场景触目惊心。“所有名字，所有这些 / 和残余一起焚烧的 / 名字。如此多的 / 灰烬被祝佑。”在犹太人心目中，名字代表一个人的实质，等同于生命，如此多的被焚烧的名字，即指千千万万被焚尸炉焚毁的犹太人的生命，他们化为灰烬。在这里，策兰用了个石破天惊的句子：“如此多的灰烬被祝佑。”这当然是尖锐的挑战，对着犹太人的那位上帝：他不是祝福和保佑他的子民吗？怎么被祝福和保佑的都成了灰烬？并且，在接下来的诗句中，策兰也提到了戒指：“在 / 轻之上，如此轻的 / 灵魂的 / 戒指。”遇难者被烧成了灰，他们的灵魂如烟飘散，烟圈形若戒指。这是讽刺，也是痛彻心扉的呼喊，上帝能在这形若戒指的烟雾中记起爱的盟约吗？

《炼金术》的结尾，戒指的意象与手指重叠，变为王冠，仍然指向上帝。

手指，烟缕一样。像冠饰，在空气中
绕着——

大，灰色。失去——

踪迹。

重又——像国王

一样。

炭化了的手指像烟缕，化为王冠的形状，这里是否有暗示耶稣的荆冠？我觉得是可能的，那么，策兰在哀悼犹太人的受难与耶稣的受难同是人类的创痛吗，抑或另有深意？甚至把账算到基督教世界头上？确实很难判断，最后灰烬与烟缕都失去了踪迹，按理说，这个世界什么也没留下，但非常奇怪，竟然出现这样的句子："重又——像国王/一样。"什么都没有，无，空无，虚无，却像国王一样，当然，这个国王指的是耶稣，指的是上帝，空无，竟然就是上帝的存有。我们对照一下差不多同一时期写的《曼多拉》："在虚无里——谁站在那里？王。/那里站着王，王。"这个谜底应该不难解开。

大屠杀中犹太人被整体灭绝的创痛，在《密接和应》里达到高潮，这也是策兰最不易读懂的诗作之一，有许多暗语，难以解密。但如果我们从整体来看这首长诗，其实并没那么难读，最重要的信息还是可以把握的。费尔斯坦纳认为，"这是《死亡赋格》的续篇，深入一片本无法渗透的领域。'叠句'使早年那首诗更进一步，代表赋格曲里的和应，就是进入主题时的那种密实、重叠的部分，字面意思是'渐窄'，或'导入峡口'"[①]。王家新参照了英译，把题目译为《紧缩》，既从

① 约翰·费尔斯坦纳《保罗·策兰传》，李尼译，江苏人民出版社，2009年7月版，第137页。

词义着眼，也多少有形式上的含意。多数译者仍按德语词义译为《密接和应》，与《死亡赋格》之间的承接关系更紧密一些，可能策兰自己的本意也是如此——从《死亡赋格》到《密接和应》，他完成了某种艺术形式上不可能完成的挑战，即用拆毁来建造了一座类似废墟的死亡纪念碑。

确实，从形式方面来比较，我们很容易发现《密接和应》与《死亡赋格》的关联，节奏、韵律、叠句，颇多相似之处，但又绝然不同。《密接和应》（王家新译本）的音韵和节奏是破碎的，叠句也显得短促紧密，比如“岁月。/岁月，岁月，一根手指/上下摸索，摸索/四周：/在接缝处，可触摸，这里/撕裂得太开，这里/再次长到一起——谁/把它缀连了起来？”然后用复沓造成回环，进入下一部分：“缀连起来/——谁？/到来，到来。/一个词到来，到来，/穿过夜晚而来，/想要闪亮，想要发光。”尽管经过了翻译，我们依然能感受到词语和句子的音乐元素，节奏、音韵、复沓，层层重复与递进，但完全是断裂的，是紧缩的，反而带来了急迫感、恐慌感，像纳粹靴子的咔咔行走，造成致命的压力。这不光是策兰对当年有人质疑《死亡赋格》音乐美感的回应，更是他诗学的表达，大屠杀之后诗的言说，是在不可说与说之间的对峙，造成了词语与句子的张力，如此，我们便也能理解，为何策兰认为诗歌对大屠杀的终极表达是“哑默”。词语最终紧缩像坚硬的石块，裸露在人类废墟之上，如坠深渊。

灰。

灰烬，灰烬。

夜。

夜—和—夜。——走向

眼睛，走向潮润的一个。

走

　走向眼睛，走向

　　　　　　　　潮润的一个——

越来越抽象，越来越绝望，但又不是冷漠，情感掩埋在无边的灰烬下，与死亡和灰烬进行抗争的，居然是潮润的眼睛。在策兰看来，眼泪是对大屠杀最有力的回击，他无数次写到眼泪，因为有眼泪还可以流出，大屠杀就永远被钉在耻辱柱上，眼泪是人类的终极审判。看上去没什么深意，但我觉得，真正的人性的力量就在这里，有时候最普通的一滴泪，它的分量也重于整个大海。在大屠杀后的人类灰烬与废墟中，有什么是最宝贵的呢？不就是怜悯与爱吗？不就是从怜悯与爱而来的潮润的眼睛和一滴泪吗？

《密接和应》不止于此，还从大屠杀犹太人的创痛扩展开来，进入当代的人类危机，即核武器带来的人类灭绝的可能。"飓风。/飓风，来自太初，/粒子飞旋，而其他的/你/知道一个，我们/在书中读到它，只是/观点。"根据费尔斯坦纳的说法，策兰看过德谟克利特的作品："世界无物存在，除了原子和虚空，其余尽皆观点。”[①]当时正是冷战和原子弹威胁的高峰，策兰曾给好友彼得·所罗门写信说：“谁不担心原子弹或其他的什么灾难呢？”[②]策兰是关注现实的诗人，他写大屠杀始终与现实人类的境况相连，从过去指向当代，《密接和应》特别清晰地揭示了策兰创伤言说的内核，从个人家庭到犹太族群的灭绝，再到人类的大灾难，本质上是人性幽暗和人类自我毁灭的困境所生发的内在绞痛，是无法治愈的。

眼睛，盲世界，在死亡裂隙里：我来

“在策兰看来，不管人们怎样评断历史，奥斯维辛之后世界只有灰烬和碎片。”[③]策兰的诗作被大屠杀笼罩，被死亡的灰烬笼罩，除了对父母的哀悼，对犹太民族唱出的挽歌，策兰言说大屠杀创伤，他的内在绞痛，同样也表现在他的个人感受上，包括他人生经历的方方面面。他的特异之处，在于将这一切都置于大屠杀与大屠杀后遗症的阴影之下，置于无边无际的灰烬之中，他的努力，就是写出“灰烬的光辉”。

---

① 约翰·费尔斯坦纳《保罗·策兰传》，李尼译，江苏人民出版社，2009年7月版，第144页。

② 约翰·费尔斯坦纳《保罗·策兰传》，李尼译，江苏人民出版社，2009年7月版，第144页。

③ 孟明《时间与门槛》，见《保罗·策兰诗全集第三卷：从门槛到门槛》，孟明译，华东师范大学出版社，2022年9月版，第24页。

我孤独一人，把灰烬之花
插入盛满成年之暗的瓶。[①]

这是策兰的自我写照，当他孤独一人，步入成年，他人生的内容，仅是幽暗生命之瓶上插着“灰烬之花”，一方面说明作为大屠杀幸存者，大屠杀创伤对他影响至深；另一方面，也是他人生的态度。大屠杀成为他生命中的内容，他活着，他所思所想所见，他笔下的文字，都是大屠杀的阴影与见证。他的《在布拉格》极为真切地表达了这种生命与写作的关系：“那半死者，/吮吸着我们的生命，/灰烬影像的真实围绕我们——/我们也/一直在畅饮，灵魂钉十字架，两把剑，/缝合天堂之石，词语如血分娩，/在夜床上”。他被灰烬影像真实围绕，也就是一直活在死亡阴影中难以自拔，灵魂钉十字架，每时每刻经历着死的痛苦，他说出的词语如血分娩，在阵痛中诞生新生命，也即诗的见证，而且是在夜床上，黑暗之中的降生，多么艰难。从这个意义来说，策兰是为大屠杀活着的，也最终为大屠杀而死。换言之，大屠杀和大屠杀后遗症，终于在二十多年后，杀死了幸存者策兰。

眼睛，盲世界，在死亡裂隙里：我来，

① 保罗·策兰《保罗·策兰诗选》，孟明译，华东师范大学出版社，2010年9月版，第70页。

冷漠在心里成长。

我来。

《雪床》里的这几句诗，是策兰对自己的认识与定位，他乃是“在死亡裂隙里”来的。而他所面对的死亡，在他的笔下似乎不那么可怕，他甚至将其形容为花朵：“死亡是一朵花，它只开一回。/果然开花了，开得无以伦比。/它想开花就开花，它不开在时间里。”（《死亡》）[1]想开就开，不开在时间里，这才是死亡的本质，策兰表面上好像对死亡显得很亲近，骨子里却写出了死亡的冷酷，是谁也阻挡不了的，死亡之超时间的能力，足以摧毁时间里的生命，让一切变为废墟与灰烬。

当然，死亡的力量愈强大，策兰愈要与之相处，这是策兰的特异之处，他从死亡与灰烬里成长，正如他早年对母亲的倾诉：“妈妈，成长还是创伤——是否我也陷进了乌克兰的积雪？”如果换个角度，也可用他的另一句诗“一只被灰烬覆盖的鸟，/穿越死亡而学会了飞翔”来形容。（《被火光四面围住》）[2] 在《思想之奄奄一息》这首诗里，策兰非常直白地表露出他其实是一个已经死过的人：

---

① 保罗·策兰《保罗·策兰诗全集第二卷：罂粟与记忆》，孟明译，华东师范大学出版社，2017年8月版，第253页。

② 保罗·策兰《保罗·策兰诗全集第三卷：从门槛到门槛》，孟明译，华东师范大学出版社，2022年9月版，第301–303页。

我比你多一次死亡
我曾死过，
是的，多一次。[1]

正因为他把自己视为已经死过的人，他可以往来死亡之中，说得极端一点，策兰是以一个“活死人”的身份写作的，如他在《说，你也说》一诗里表达的：“紧靠着死亡！活着！/那言说阴影者，言说真实。”他把紧靠着死亡活着，当成自己的生存状态，把言说阴影，看为言说真实，这是他的使命。

《数数杏仁》是策兰的名作，是他作为幸存者对遇难的六百万犹太同胞，以及自己父母的同在关系的深情描述，他们都死了，他还活着，所以，他通过与母亲的对话，让自己的命运也进入这些死难者中间。

数数杏仁，
数数这些苦涩的并使你一直醒着的杏仁，
把我也数进去……

策兰的母亲有一双“杏仁眼”，给家人烘烤糕点时常常放入杏仁，这些都是策兰温馨的记忆。同时，杏仁也代表犹太意识，象征着被上帝看顾的犹太族群，与犹太民族的历史命运联

① 保罗·策兰《保罗·策兰诗全集第八卷：暗蚀》，孟明译，华东师范大学出版社，2017年8月版，第39页。

系在一起。但杏仁的“苦涩”和“使你一直醒着”，却传达出另一层意思，大屠杀带来的创痛。诗人一开始便祈求，“把我也数进去”，这说明，他也是苦涩的杏仁，与受难的母亲与犹太人是共存关系。他是多么希望自己也成为这死亡群体里的一员，因为他思念着母亲，“我曾寻找你的眼睛”，从母亲的眼睛里，他进入到曾经的亲密关系，有多少属于母子俩的秘密，“你冥想的露珠/滑落进那些罐子，被言语守护”，这里面有点神秘，也许我们都无法猜透母亲究竟在冥想什么，但显然这些神秘里带着特别的美好，露珠，晶莹剔透，是象征纯净与生命的气息吗？那么又是谁的言语守护了他们？至此，策兰笔锋一转，出现了惊人之句：

> 无人之心找到他们的所在。
> 只有在那里你完全进入你自己的名字，
> 以切实的步伐进入自己……

“无人之心”是什么？当然“无人”不是指没有人，如果是没有人，怎么可能有心呢？在前面的论述中已经谈到过，这与形而上的更高存在有关，王家新在这首诗的译注里也给出了解读：“在策兰的诗中，‘无人’往往已由一种否定性的陈述（‘没有人’‘没有任何人’）变成了一个‘名词’：对一种更高存在的命名。……这里的‘无人之心’可理解为这样一种灵魂存在。”[1]这也是策兰的传记作者费尔斯坦纳的观点。我觉得很有道理，因为诗句接下来说“只有在那里你完全进入你自己的名字”，意思是说，只有在“至高的存在”那儿才能进入自己的名字，进入自己，这其实是《圣经》的观念，也是犹太人的文化意识，他们是明白这种来自《圣经》的一个人的名与生命的关系的。比如耶路撒冷的大屠杀纪念馆，正式的名称叫“名号纪念馆”，也即死难者名字纪念馆，其出处来源于《以赛亚书》：“我必使他们在我殿中，在我墙内，有记念，有名号，比有儿女的更美。我必赐他们永远的名，不能剪除。”[2]

母亲回到了自己，回到了她生命的意义，然后，沉默的钟匣被撞响，那听到钟声的，向母亲靠拢，“死者的手臂围绕着你”，这是多么匪夷所思的一幕：“于是你们三个漫步穿过黄昏。”关于“你们三个”，有多种解释，一种认为指的是策兰与死去的父母，如果是这样的话，那么，意味着策兰此时也进入了死人里面，与父母会合，他们一家三口一起漫步穿过黄昏。这幅场景，在死亡背景下，竟然散发出温馨气息。

策兰难道愿意以死作为代价与父母相聚吗？这里面传达出的是深深的悲怆，抑或绝望？很难把握策兰的情绪，实在太复杂了。是活着与父母分离好，还是死了与父母团聚好？我相信

---

① 保罗·策兰《灰烬的光辉：保罗·策兰诗选》，王家新译，广西师范大学出版社，2021年1月版，第46页。

② 《以赛亚书》56:5。

不是这首诗的重点，这首诗的重点其实在一开始就点明了，并且在结尾再次强调：

让我变苦。
把我数进杏仁。

策兰的愿望，是让他进入受难的犹太人这个群体，他是他们的一分子，虽然他仍然活着，但他是他们死去的人中的一员。策兰可能也是这样定义大屠杀的幸存者的，并且从这个角度来看待自己活着的意义。

策兰曾在四十岁生日时，写了首诗《顺着忧郁的急流》，为自己的四十年人生做了个总结。我觉得这首诗也可成为《数数杏仁》的一个注脚。

顺着忧郁的急流而下
经过发亮的
创伤之镜：
那里，四十棵被剥皮的
生命之树扎成木筏。

他的年日是在忧郁的激流中，并被裹挟着顺流而下，“创伤之镜”揭示了策兰的生存境况，他的生活与写作，何尝不是一面发亮的“创伤之镜”，映照出大屠杀与大屠杀后遗症的惨剧？果然，策兰深入一步，镜中之物出现了，“那里，四十棵被剥皮的生命之树”，四十年人生，不过就是被剥去了皮的生命之树，我们惊叹于意象的新奇、精准、冷酷，同时也不得不感受着彻骨的痛楚，剥去了皮的生命之树还能存活吗？还有生命吗？四十棵当然代表四十年，而四十在《圣经》与犹太文化中，却是个磨难的数字。以色列人出埃及，在旷野漂流四十年，这个故事犹太人家喻户晓。我觉得策兰是有意的，他有意在四十岁，按着四十这个磨难的数字，来表明自己磨难的人生处境。四十年的创伤，剥去了皮的生命，他被扎成木筏，抛在忧郁的激流中。

“唯一的逆——/泳者，你/数着它们，触摸它们/一切。”结尾这一段颇为难解，伽达默尔曾解读过，他认为“逆泳者就是流逝的时间本身”，诗人“所数的，是活过的时间总数。亚里士多德又告诉我们：不论怎样，灵魂与时间同在。不被拖走、绝不放弃在场并清算一切的抗拒，与其说是时间本身，莫若说是屹立着、抵抗着、‘我’之所是的本己，而时间就在它内里”[①]。我觉得还是很有见地的。时间这个逆泳者数着诗人四十岁的所有痛苦，触摸生命中的一切。

到了1965年，也即四十五岁时，策兰送给妻子吉赛拉一首诗《我知道你》。这是两人夫妻关系的真实写照，饱含深情与歉意，在安慰妻子的同时，这首诗无不在表示一个诗人心灵的痛苦，他希望妻子真正认识自己。策兰毫无遮掩地表露了他生

① 伽达默尔《谁是我，谁是你》，陈早译，上海文艺出版社，2022年11月版，第48页。

命的实质。

（我知道你，你是深深屈尊的一位，
我，这穿透者，隶属于你。
那里，一道词的火焰，将为我们俩立誓？
你——完全、完全的真实，我——皆为虚幻。）

策兰自称是个“穿透者”，也有译者译为“刺穿者”，意思相近，策兰是指自己从死亡穿透而来吗？这样，他身上是否也带着死亡气息？确实，策兰承担的大屠杀带来的压力太大了，大屠杀后遗症在他身上发作，加上前些年经历的“戈尔事件”——策兰被恶意诽谤抄袭了前辈犹太诗人戈尔的诗，给策兰造成严重伤害。这时候，策兰的精神分裂症已然发作，有一次差点杀了妻子吉赛拉，被送入医院接受治疗，受尽电击之苦。可能有鉴于此，也有译者把最后一句译为：“我——彻底疯了。”但从整首诗的内容来看，译为“虚幻”，或者如陈早在伽达默尔《谁是我，谁是你》这本阐释策兰诗作的书里，将其译为“而我——全然虚妄”[①]，我认为都是比较合理的。

策兰在总结他的人生，他从死亡的灰烬里穿透而来，虽然与吉赛拉结合，他甘愿属于她，让巴黎的婚后生活带给他光亮。然而，毕竟负担太重，犹太人的集体死亡压在他身上，致

① 伽达默尔《谁是我，谁是你》，陈早译，上海文艺出版社，2022年11月版，第114页。

使他一直活在大屠杀阴影里：“我——皆为虚幻。”这就是大屠杀创痛最后导致的结局，策兰预知并言说了这里面的真相，那也是他始终坚持的。对他来说，死亡是真正的真实，活着反而是虚幻和虚妄：“你曾是我的死亡：/你，我可以握住/当一切从我这里失去的时候。”（《你曾是》）所以，在他眼里（同时也是在时间的眼里），连死亡都是会生长的，“世界变暖起来，/而死者/抽芽并且开花”（《时间的眼睛》）。

总之，策兰对大屠杀创伤的言说，首先是把自己作为见证大屠杀的幸存者。但他与别的幸存者不同，他认为自己其实在当年大屠杀发生时已死掉了，他与他的父母一同死在纳粹集中营，他与他们一样，也是焚尸炉里的灰烬，他之所以存在，那是要代替所有死去的人来言说伤痛，发出“灰烬的光辉”，这是他生命与诗作的价值与意义之所在。

围绕着大屠杀之后的诗歌写作，犹太哲学家西奥多·阿多诺曾说过一句非常震撼的话，他说：“奥斯维辛之后写诗是野蛮的。”这句话引起了广泛的争论，不光涉及大屠杀和奥斯维辛之后写诗的思想性问题，它也是美学与诗学问题。后来阿多诺阅读了策兰的大量诗作，收回了这个说法，他说：“人遭酷刑必然喊叫，长期的磨难同样也有这样的表达权利……因此，说奥斯维辛之后再不能写诗也许是错误的。”[①]确实，策兰的诗赋予了大屠杀和奥斯维辛之后写诗的合法性和新的尺度，不

① 约翰·费尔斯坦纳《保罗·策兰传》，李尼译，江苏人民出版社，2009年7月版，第281页。

仅仅是思想和人性上的深入，也是美学和诗学上的深入，诚如意大利著名诗人安德烈·赞佐托指出的：“策兰代表了看似不可能之举的实现：不只是在奥斯维辛之后写诗，还要在那些灰烬‘之中’写，通过平息那绝对的灭绝，同时又以某种方式驻留于其中，成功地抵达另一种诗学。”[①]

结语：为那些/空椅子，和它们/安息日的光辉

策兰执着于大屠杀创伤的言说，他的诗不可谓不绝望，从人类与人性的废墟，到上帝的消隐与缺席，乃至于“更高的存在”作为“虚无”的存在，他有许多的否定之否定。在思想上，他的诗也许是阴冷的，但神奇的是，从情感上，他的诗却又是温暖的，甚至是火热的，是饱含泪水的。这也是他的基本态度，从他写出第一首悼念母亲的诗开始，他的诗作便“立足于哀悼，立足于眼泪之源”[②]。在他晚期的《不要写下你自己》这首诗里，他还宣告说：

相信泪痕
学着去活

---

① 安德烈·赞佐托《为了保罗·策兰》，尉光吉译，雅克·德里达等《最后的言者：为了保罗·策兰》，上海文艺出版社，2023年6月版，第65页。

② 沃夫冈·埃梅里希《策兰传》，梁晶晶译，南京大学出版社，2022年1月版，第60页。

这是策兰的诗虽然艰涩却仍异常动人的奥秘所在，有时候我们读不懂，还是被深深感动，实际上这也是人性的光亮，哪怕最灰暗，策兰依然让我们看到“灰烬的光辉”，这里面，也有来自眼泪的力量。从其根源来说，很容易让我们想起以色列历史上那位流泪的先知耶利米，和他蘸着血泪写的《耶利米书》《耶利米哀歌》，如果把策兰的诗作称为犹太哀歌，我相信也是合适的。

既然如此，那么，在大屠杀中遇害的六百万犹太人，包括策兰父母，他们变成灰烬，在泪水的哀悼里被纪念，如此便了结了吗？或者，策兰从死亡里写出生命，叫他们依然活在死亡里，不停挖坟，在痛苦中呻吟，在毒气的窒息里彼此抓紧，这就是创痛的结局吗？永远在创伤里？

策兰显然也意识到了这个问题，他自觉地从犹太信仰与传统里寻找，诗作《安息日》便是其中的一个答案。对犹太人来说，安息日是上帝分别出来的圣日，以纪念他的创世之工；安息日同时也是祝福，让犹太人在安息里享受与上帝同在的喜乐；安息日还是犹太信仰的标志，在日常生活中彰显着上帝与犹太人的盟约关系。因此，安息日被认为是犹太教的“立教之本”。策兰父母都非常看重并遵守安息日，策兰自小便生活在“每周都自觉点亮安息日蜡烛的犹太家庭”，虽然他长大后并没成为严格意义上的犹太教徒，日常生活中也未必按着律法规定去做，而更多地把它看为“灵命关注”。然而无疑地，安息日对犹太人的影响是无处不在的，作为犹太意识的重要组成部分，它也成为策兰生命的一部分，所以他特别看重这种“灵命关注”，在现实世界无所归依时，让其为他提供眼泪与哀悼之后的归所。

在一条线上，在
那唯一的
线上，在那上面
你纺着——被它
绕着纺进
自由，绕着
纺进束缚。

诗句一开始，策兰用了非常奇特的意象，也是他相当喜欢用的比喻——纺线，来描述安息日。实在是难以思议，纺线与安息日有何关系？其实，这一条线，唯一的线，乃是暗喻上帝的律法，“你”当然是诗人自己，这里极为奇妙地用纺线描述了律法与犹太人的关系——犹太人生活在律法之下，他们被律法绕着纺进自由，同时纺进束缚。也就是说，律法给人束缚，也给人自由；给人祝福，也给人诅咒，而且这是个动态的过程。犹太人遵守安息日亦是如此，他们被束缚在必须守律法这条唯一的线上，但束缚的同时，他们也从安息日享受到属灵的自由与快乐。

巨硕的

纺锤站立
进入荒地，树林：来自
地下，一道光
编入空气的
垫席，而你摆出餐具，为那些
空椅子，和它们
安息日的光辉——

在屈身之中。

“巨硕的/纺锤站立”，是一种超出掌控的存在，“纺锤”代表某种摆动的力量，“巨硕”增强了不以人的意志为转移的超然能量的压顶之感，让人意识到，纺线（即律法）之上，有一种更高的存在正起作用。换言之，安息日这条律法的纺线，来自犹太人的上帝。然后，诗人笔锋一转，“进入荒地，树林”，一下子把我们从安息日的律法生活带进大屠杀，“荒地”“树林”无疑跟掩埋与坟墓有关。这也是策兰的惊人之处，安息日怎么会进入到死亡之地呢？接下去这一句，又是一个转折，“来自/地下，一道光”，这是全诗的关节点，被埋葬在地下的大屠杀遇难者，他们虽然死了，却在安息日来临之时，他们的灵魂如光一般升起，“编入空气的/垫席”，原来他们也要来守安息日了。于是，场景回到现实，安息日的聚会上，摆满了空椅子，正等着那些死去的人来就座，此时，“安息日的光辉”，在人们的屈身敬拜中来临，充满荣耀。

这是首悲伤的诗，也是喜乐的诗，更是纪念的诗。死去的犹太人因着安息日的降临，他们复活了，如一道光回到了安息日之中，他们是来过安息日的。诗人摆出餐具，迎接他们的到来。死亡在这里得到了安慰，也找到了安息，是的，惟有在安息日，灰烬真正发出了光辉。它们没有湮灭，因为它们属于安息日，属于上帝所赐的永恒安息。

著名犹太神学家赫舍尔在他的名著《安息日的真谛》里，称安息日乃是“永恒寓于一日”[①]，他说：“安息日之来到，像是一种抚慰，抹去恐惧、哀伤与黯淡的记忆。”[②]“因为，安息日乃是喜乐、圣洁与安息；喜乐隶属此世，圣洁与安息则归于来世。”[③]赫舍尔在20世纪的犹太人中影响巨大，据赫舍尔女儿苏珊娜回忆，策兰非常喜欢赫舍尔的著作，“在他床边桌上一直摆着我父亲的著作，直到他生命末了。”[④]不知策兰的这首《安息日》有否受赫舍尔神学思想的影响，诗里表达出的安息日的意义，与赫舍尔的阐释是一致的，安息日包含了此世与来世，惟因如此，安息日才成为犹太人的灵魂栖息之所，“在这日子，一切哀伤皆得抚慰。”[⑤]

---

① 赫舍尔《安息日的真谛》，邓元尉译，上海三联书店，2013年8月版，第134页。

② 同上，第96页。

③ 同上，第32页。

④ 苏珊娜·赫舍尔《父亲的安息日》，赫舍尔《安息日的真谛》，邓元尉译，上海三联书店，2013年8月版，第139页。

⑤ 赫舍尔《安息日的真谛》，邓元尉译，上海三联书店，2013年8月版，第33页。

这也许是策兰诗歌创痛言说的终极指向，尽管《安息日》透出的明净安宁的光亮在策兰创作中属于昙花一现，却是策兰归向犹太精神传统，以及走出大屠杀阴影的必由之路。灰烬存在的意义，不光指证人类的荒芜、人性的废墟，也彰显着生命的价值，尤其是在永恒的视野里。但遗憾的是，大屠杀后遗症造成的精神疾病摧毁了策兰的健康，他的沉重负担终究无法卸下，最终，他还是如他笔下所写的，被数进了苦涩的“杏仁”，归于大屠杀遇难者的行列。

第三章

石头要开花：意象世界

引言：这空中的，我紧随的石头

1957年早春，策兰二十个月大的儿子埃里克牙牙学语时，说出第一个法语单词“花”，策兰心有所动，写了首题为《花》的短诗，纪念这一事件。后来他把诗题法语的“花”改为德语，也许正如他自己所说的：“一个人只有用母语才能说明自己的真相。在外语环境下，诗人是在撒谎。”[①]策兰始终忠于他的信念，尽管他的法语、英语、罗马尼亚语、俄语都非常好，甚至作为流散欧洲的犹太人，他的希伯来语也极好，但他依然坚持用杀害他母亲的刽子手的有罪之语写诗，且与这种伤害他也成全他的语言纠缠一生。

埃里克是策兰的第二个儿子，策兰的长子福兰绪出生后没几天便夭折了，策兰哀痛不已，写过《给福兰绪的墓志铭》等诗作。几年后，埃里克降生，自然给经历丧子之痛的策兰带来莫大安慰，他对埃里克的感情可想而知，在后来的岁月里，他像那些忠于职责的犹太父亲那样，一路陪伴埃里克成长。父子情深，他留给埃里克的好几首诗，与他悼念福兰绪的彼此呼应，真切地袒露了策兰在满是灰烬的世界所顽强守护的内心情感，也折射出颇为复杂的精神图景。

---

① 约翰·费尔斯坦纳《保罗·策兰传》，李尼译，江苏人民出版社，2009年7月版，第49页。

石头。

这空中的，我紧随的石头。

你的眼瞳，石头般盲目。

我们曾是

手，

我们挖空黑暗，发现

那个使夏天攀缘而来的词：

花。

《花》这首诗，首先出现的不是花或与花相关的意象，却是石头，且是空中的石头，一番超自然的景象劈面而来。然后又出现了“你”——“你的眼瞳，石头般盲目。”策兰这是在写谁？相当费解，一直读到第二段结尾，才出现埃里克第一次学语说出的那个词：“花”。

费尔斯坦纳认为“你”也许指策兰母亲：“她在见证她的孙子说出第一个词，这孙子毕竟与她同名。”[①]这个解释颇有见地，那么《花》就是一首跟死亡与悼念有关的诗了。了解了这一背景，我们回头再来看诗的开头，对凭空出现的“石头”便会有新的发现。“石头/这空中的”可能与《死亡赋格》里

① 约翰·费尔斯坦纳《保罗·策兰传》，李尼译，江苏人民出版社，2009年7月版，第125页。

空中的坟墓有某种关联。其实把石头与死亡、悼念连在一起，并非唐突，死者的墓碑就是石头制作的。另外，在犹太传统里，坟墓本身也是石头的，至今耶路撒冷城墙外仍有大量的石棺，古代以色列安葬死人则通常在山岩中挖一个石穴。同时，石头也与悼念有关，这是犹太人非常特殊的习俗，去墓地探望死者，他们并不是在墓前放置鲜花或者别的什么东西，而是放一块石头“表示到此一访，以及对死者的敬爱与缅怀。”[①]

诗人紧随石头，表明他始终思念死去的母亲。这时候的母亲，如同石化了一般：“你的眼瞳，石头般盲目。”“盲目”这个词，是策兰诗歌常用的意象，母亲与诗人之间，与诗人所在的世界之间，有一种隔绝，她看不见。这是死亡带来的结果。

费尔斯坦纳认为，诗中的“我们”代表着诗人自己和妻子，“挖空黑暗”，暗示孩子要降生。于是，“花”被发现，孩子说出了“花”这个词。母亲的死亡从过去穿越而来，通向今天新生的孩子，这种祖孙三代的连接，与策兰的另一首诗《在一盏烛火前》的表达极为相似，从死去而仍然年轻的母亲到“一个死人孩子”，即策兰早夭的长子福兰绪，死亡贯通了过去与现在。而在《花》里，死亡则揭开了一片生机勃勃的世界：“那个使夏天攀缘而来的词：/花。”一家人再次相会了，“生长。/心墙靠着心墙/叶片迸生。”这首诗真正有生命气息的地方，因着二十个月大的孩子说出“花”这个词，生

---

① 魏道思拉比《犹太文化之旅》，江西人民出版社，2009年4月版，第338页。

死的阻隔被打开，心与心靠在一起，生长和繁茂覆盖了死亡。然而，诗的结尾却突然笔锋一转：

> 另一个词也如此，铁锤们
> 将在大地抡舞。

一种不祥之兆，而且是某种莫名的恐怖，不受人的意志掌控的力量，“将在大地抡舞”。策兰从儿子说出第一个词“花”，新生命成长的欢欣，看到的却是死亡的阴影，以及这种阴影背后强大的异己力量，毁灭仿佛是人类与生俱来的惯性，正随时要来袭。

这实际上也是策兰的预言，大屠杀后的世界，无论有多少值得庆祝和感动的事情，最后都不过在死亡的“眼瞳”“石头般盲目”的观照之下，恐怖的“铁锤们/将在大地抡舞”。策兰由此进入了对人类整个文明体制的质疑。从这个意义上，阿多诺认为：“策兰是唯一可以与塞缪尔·贝克特站在一起的地道的战后作家。”①

费尔斯坦纳将《花》的词语做了排列，他说：“像《花》这样的一首诗，看上去像关键词组成的马赛克：‘花……石头……石头……空中……眼……盲目……石头……手……黑暗……文字……花……花……盲目……文字……眼……眼……

---

① 见约翰·费尔斯坦纳《保罗·策兰传》，李尼译，江苏人民出版社，2009年7月版，第126页。

心……心……文字……抡脱……’”[1]李尼的翻译与王家新译本的文字略有不同，但基本词汇是一样的。这就是策兰的意象世界，我们可以从中看出策兰的精神图景，他用独特的意象构筑了一个属于他的人类废墟，穿越生死的时空，“从黑暗到黑暗”，终至在黑暗中消匿了身影。

法国诗人雅克·杜潘有一首悼念策兰的诗，也用策兰常用的意象，来描绘策兰的一生，他的生命和诗作，题目就叫《保罗·策兰》。

跨过喧嚣，
栅栏，
在不知何处的石板上
闭上眼睛——

话语，被沉默填满，
愈发低沉地回响。他来了

穿过蜂拥的灾难
与夜晚融为一体。[2]

① 约翰·费尔斯坦纳《保罗·策兰传》，李尼译，江苏人民出版社，2009年7月版，第126页。

② 雅克·杜潘《保罗·策兰》，张博译，雅克·德里达等《最后的言者：为了保罗·策兰》，上海文艺出版社，2023年6月版，第3页。

诗歌意象浓缩着诗人的思想情感，也是诗人独特生命的体验与表达，就如诗人的生命语汇一般。策兰诗歌因深奥难懂，被誉为“密封诗”，特别是他的用词，愈到晚期愈加简约，词义塌陷，意义断裂，有时只剩下光秃秃的意象，这就更需要我们从意象着手，来找到打开词义的钥匙，进入他隐匿的内在世界，发掘其恒久的光亮。

是石头要开花的时候了

“石头”算得上策兰诗歌最重要的意象之一，通常情况下，它指墓石，代表坟墓，比如上述的《花》，这方面比较有代表性的还有《而那种美丽》：“而那种美丽，你扯下来的，那头发，/你揪下来的：/什么样的梳子/能把一头秀发梳得这样光滑？/什么样的梳子/拿在谁的手里？”[1]诗人写对母亲的怀念，他仿佛看见，爱美的母亲在梳妆打扮，“把一头秀发梳得这样光滑”，但随着问句“什么样的梳子”重复出现，有一种莫名的荒谬感倏忽而至，打破了眼前的现实，让我们意识到，诗人看到的母亲，恍若幻境。那么，真实的场景在哪儿呢？

---

① 保罗·策兰《保罗·策兰诗选》，孟明译，华东师范大学出版社，2010年9月版，第103页。

而那石头，你垒起的，
你还在垒：
它们把影子投向何处，
能投多远？

石头出现了。那石头竟然是母亲垒起的，而且“还在垒”。这样的诗句多像《大地就在他们身上》里的那句“他们在挖”，被纳粹杀害的犹太人，他们已经死了，还在地下挖坟；同样被纳粹杀害的母亲，她也已经死了，还在用石头垒坟。这位有着美丽头发的爱美的母亲！策兰诗里意象的力量就在这里，张力也在这里。“它们把影子投向何处，/能投多远？”石头的影子指的是死亡，带来阴森寂寞而空虚的场景，也有一丝无奈。这首诗的结尾因而有着无限的苍凉。

而那风，从上面吹过，
那风：
能不能从那些影子中抓住一个，
让她也跟你比一比？

石头的影子，也即死亡，很自然地过渡到死者的影子。用石头为自己垒坟的母亲有多孤单，只能自己打扮自己，顾影自怜。风吹过，有无数死者的影子飘来，好像过路的行人，母亲能不能抓住一个，跟她比一比。比什么呢？当然指母亲梳妆的头发，谁的头发更美。母亲死了还在坟墓里梳妆打扮，还要跟人比美，这一幕想象力之奇特，称得上惊心动魄，而笔力之深邃有力，写死亡的可悲，写坟墓里的孤独凄凉，写生命的美好与不甘，能到如此切骨之痛的，实属罕见。

石头代表墓石、坟墓，石头的影子代表死亡，那么，如果直接把大屠杀遇难者称作石头，便也顺理成章了，《山坡》就是如此："你与我厮守，像我：/如同一块石头/在夜的瘪脸里。"[1]诗人似乎写的是死人间的爱情，但又并非爱情那么简单："山坡啊，爱人，/我们不停地滚下来，/我们这些石头，滚一沟过一沟。/一次比一次圆。/更相像。更陌生。"死亡如石头那样坚硬，死者也如石头那样坚硬，即便如此，在死亡世界里四处飘荡，他们也经历下坠的命运，在翻滚中被磨圆了。"更相像。更陌生。"是悲还是喜？策兰触及死亡的本质，死亡使得生命更相像，他们不过就是死去的一群人，死亡同时使生命更陌生，彼此之间已经离原有的生命状态越来越远，面目模糊不清。"啊，这只醉眼，/也像我们四处游荡/有时大吃一惊/把我们当成了一个。"死人不过是一堆石头，无论相像的，还是陌生的，他们活在死亡的世界，最终都被"当成了一个"。

《明亮的石头》称得上策兰的名作，含意隽永，颇具神秘色彩，但也相当费解。费尔斯坦纳认为这首诗是策兰献给妻子吉赛拉的，我倒觉得把它看为献给死去的母亲更合适，因为诗

---

① 保罗·策兰《保罗·策兰诗选》，孟明译，华东师范大学出版社，2010年9月版，第108页。

中出现了这样的句子“朝向你，我宁静的你”，这个“宁静的你”曾在策兰最早的诗作，1938年的母亲节、他十七岁时写给母亲的十四行诗里出现过：“你是宁静，妈妈，是来自深处的光照。”如今，母亲与石头在一起：

这明亮的
石头穿过天空，这淡
白色，灯的——
使者。

诗的开篇，类似于《死亡赋格》里空中的坟墓再度出现，也与《花》中的句子“石头/这空中的”形成呼应关系，诗人的哀伤带着温馨，石头的白色，如同灯的使者，给追悼添上明亮的光泽。孟明将其译为“光明使者”，意思更直接，坟墓的石头，死亡之石，居然成为光明使者，在策兰心中，死去的母亲，还有那些大屠杀的遇难者，他们对他而言何等亲切，死亡都是明亮的，不可湮灭，就如“灰烬的光辉”。诗的结尾，“你”用“我”的双手，“把它们置入/再度明亮中，无人/再为它哭泣或命名。”这不是升华，反而更为痛切，也更为执着——死亡不是灭没，策兰执意要让它发出石头般的光亮，刺透这个灰暗的世界。

石头，包括石版、石化，在策兰诗中还有更深的寓意。我们需从犹太历史文化和圣经中挖掘其根源，比如《无论你搬起哪块石头》，表面上看，石头也指墓石：“无论你搬起哪块石头——/你都会让那些/需要它保护的暴露出来：/现在他们赤裸着/变换着蜷缩之所。”死者埋葬于坟墓，得着石头的保护，搬起哪块石头，都会使尸骨暴露。意大利历史学家恩佐·特拉维索说：“石头被呈现为名副其实的墓石，它不能被掀起，为的是不发现，也就是不‘暴露’受害者，那些‘需要石头保护的人’。”[①]当然，实际含意远不止于此，特拉维索接着指出：“石头代表着被埋葬的过去、被毁灭和封闭的历史”[②]。我觉得这才是石头意象的深层意蕴。

从圣经与以色列人的关系以及以色列历史来看，石头代表上帝的应许与佑庇，《出埃及记》记载，上帝与以色列人在西奈山立约，“耶和华在西奈山和摩西说完了话，就把两块法版交给他，是神用指头写的石版。”[③]石版成了上帝与以色列人关系的见证。接着，当摩西死后，约书亚带领以色列人进入应许之地，他们过约旦河，上帝令河水断绝，以色列人过约旦河如走干地，约书亚便吩咐百姓在地上立石做证：“这些石头要作以色列人永远的纪念。”[④]

如果我们从这个角度去理解，这首诗的内容更为深广，石头本是上帝立约的见证，他的律法写在石上，寓意永不改变，

---

① 恩佐·特拉维索《保罗·策兰与毁灭的诗学》，尉光吉译，雅克·德里达等《最后的言者：为了保罗·策兰》，上海文艺出版社，2023年6月版，第33页。

② 同上，第38页。

③ 《出埃及记》31:18。

④ 《约书亚记》4:7。

同时也是上帝大能作为的证据，那么搬去石头，上帝的应许与作为便成了虚空。我认为这也是策兰与上帝的“争辩”之词，就如我们在第一章讨论过的，策兰始终耿耿于怀，为何大屠杀灾难得以肆虐？上帝写在石上的应许和见证在哪里？策兰不得不发出约伯那样的抱怨，也使得他的哀歌多少带上愤懑之情。“无论你说出哪个词——/你都有欠于/毁灭。”这里的“你”，应该就是诗人自己。策兰的痛苦无以言表，他无法释怀上帝的缺席，石头的见证与应许消失了，这才是犹太人最大的悲哀。否则，假如石头仅仅代表坟墓的话，也不至于使得策兰说出“你都有欠于/毁灭”这种分量极重的话。

《阴影破隙中的路径》同样透过“石头”的意象来深挖这一主题，诗中的“你”颇费探究，似乎不像是指诗人父母，或者大屠杀遇难者，因为这只手异常巨大。“阴影破隙中的路径，在/你的手中。”如同一个特写镜头，首先出现于画面的是阴影的破隙，宛如道路，字面意思不难理解，死亡的阴影破隙中漏出路径，无疑是通往生之道路。这道路“在你的手中”，足见这手非同寻常。

从这四条手指纹沟
我为自己挖出
石化的祝福。

意象更加明晰，生之道路原来是你的“四条手指纹沟”，于是诗人往手指纹沟掘进，他要挖出什么呢？“石化的祝福”

是全诗关键。伽达默尔对这首诗的解读，从“手”和“祝福”这两个意象着眼，直指上帝：“谁的手？不再赐福的赐福之手，很难让人不想到隐匿的上帝，他充盈的祝福已不可辨识，只对我们留下石化之痕——也许是僵硬的宗教仪式，也许是人们僵硬的信仰力。”[①]

伽达默尔的说法当然是有《圣经》依据的，《诗篇》称颂上帝说：“你必将生命的道路指示我。在你面前有满足的喜乐；在你右手中有永远的福乐。”[②]《圣经》多处提到，上帝的手代表祝福、大能、扶持和拯救。我觉得策兰诗里的意思更为尖锐，上帝的祝福石化了，不仅指上帝的祝福原本就刻在石版上（即“十诫”），所以是“石化的祝福”；更有可能进而指上帝的祝福失去了活力，已经石化，变成化石，这就更为悲哀。这一点，特拉维索在他的《保罗·策兰与毁灭的诗学》一文里做过总结性的概括，他说：“石头也被视为历史的隐喻，一个遭受石化和毁灭的过去的象征。”[③]说得非常精彩。因而，我认为两层意思都有，主要是对上帝隐匿不见的挑战，同时也指向失去上帝庇佑的犹太人的苦难历史，而并非如伽达默尔所说的，针对人们僵硬的宗教仪式或僵硬的信仰力。那样的

---

① 伽达默尔《谁是我，谁是你》，陈早译，上海文艺出版社，2022年11月版，第60页。

② 《诗篇》16:11。

③ 恩佐·特拉维索《保罗·策兰与毁灭的诗学》，尉光吉译，雅克·德里达等《最后的言者：为了保罗·策兰》，上海文艺出版社，2023年6月版，第33页。

话，策兰的矛头变成指向遇难的犹太同胞，显然不合情理。

有关策兰诗里的“你”和“我”，伽达默尔从阐释学角度专门论述过，即那本著名的小册子《谁是我，谁是你》：“你是我亦非我，一如我是我亦非我。”[①]哲学家喜欢语焉不详，相比之下，孟明的解释倒比较明了：“我们可以把这两个人称视为文本中的叙事主体或言说者。譬如‘你’，它常常是诗人面对自我——他作为幸存者不由自主地把自己摆到另一面，将‘我’视为死难者中的一个，因此更多的时候这个人称代词超越了他个人的命运而指代每一个在历史大劫难中消失的亲人。”[②]这也是解读策兰诗歌非常重要的路径，如同一把钥匙，可以打开许多密封的秘密。

比如这首《根系，黑土》，诗里的“你”和“我”，既可看为诗人母亲与诗人自己，也可指称“每一个体”，即我们每个人，以及大屠杀遇难者。乔瑞斯认为：“诗中的这个‘你’和‘我’都陷入了无休止的、无法确定的互换之中。”[③]

当一个人对石头说话，像
你，

---

① 伽达默尔《谁是我，谁是你》，陈早译，上海文艺出版社，2022年11月版，第7页。

② 孟明《中译本序》，见《保罗·策兰诗全集第八卷：暗蚀》，孟明译，华东师范大学出版社，2017年8月版，第4页。

③ 皮埃尔·乔瑞斯《无需掩饰的歧义性》，杨东伟译，王家新《保罗·策兰诗歌批评本》，华东师范大学出版社，2021年5月版，第249页。

将我从深渊，从
一个故乡带到这里
抛出，结为
血亲……

这首诗追索犹太人生命与信仰之根、犹太历史传统之根，分量极重，却写得深奥艰涩，李尼在费尔斯坦纳的《保罗·策兰传》里将此诗的题目译为《根，子宫》，杨子则译为《根，母体》，我觉得比王家新译的《根系，黑土》更接近本意。我们不妨参考这几种译本，互相对照着来解读这首诗。

诗一开头同样出现了“石头”，足见其重要性，并且也是对着石头说话。“诗人找到的唯一能够言说的位置和对象就是石头”[①]，这是乔瑞斯的重要发现，无论石头代表什么，坟墓，死亡，诫命，应许，纪念，等等，策兰一直在跟石头说话。

接下来策兰的诗句伸向犹太历史与根源。对着石头说话的“你”，自然指命运多舛的犹太人，“将我从深渊，从/一个故乡带到这里/抛出，结为/血亲”，这一段王家新的翻译比较含糊，对照李尼的翻译，则清楚许多，你“从深渊里向我呼唤，从/血脉相连的/故乡，朝上/费力地呼喊”[②]，犹太人的

① 皮埃尔·乔瑞斯《无需掩饰的歧义性》，杨东伟译，王家新《保罗·策兰诗歌批评本》，华东师范大学出版社，2021年5月版，第248页。

② 约翰·费尔斯坦纳《保罗·策兰传》，李尼译，江苏人民出版社，2009年7月版，第209页。

命运，落在深渊里，虽四处漂泊，却仍与故乡血脉相连。费尔斯坦纳解释原文说，策兰用“兄弟姐妹”这个词来表达故乡的血脉相连之意，“说明他早年亡故的母亲，正在成为他从未有过的姐妹。”[①]王家新译为“血亲”，杨子则仍按原文译为“姐妹”——你“从/变成我姐妹的/故土，激烈地/冲我叫嚷”[②]，其实意思也不难理解，犹太人与两千年被离散的故土的亲情,惟有用血肉相连的亲人的关系才能表达，他们的呼喊更是撕心裂肺。

“那时，我还不曾在这里”，诗人与历史拉开了时间距离，不动声色地引用《圣经》人物典故，“那时，当你/独自走出耕作的田野”，费尔斯坦纳认为这里有一层暗示：“‘独自在田边’使其母亲与路得联系起来，路得是耶西的祖母，耶西是大卫之父。”[③]这样的理解也无不可，前提是诗里的“你”应是策兰母亲，但我觉得“你”指犹太族群更合适，因为如果是母亲，策兰将她置于耕作的田野，总觉得有点生硬。如果同样用《圣经》背景来进行解读，我更愿意把它放在《创世记》以撒等候迎娶利百加的情景里：“天将晚，以撒出来在

---

① 约翰·费尔斯坦纳《保罗·策兰传》，李尼译，江苏人民出版社，2009年7月版，第209页。

② 保罗·策兰《我听见斧头开花了：保罗·策兰诗选》，杨子译，北京联合出版公司，2021年8月版，第156页。

③ 约翰·费尔斯坦纳《保罗·策兰传》，李尼译，江苏人民出版社，2009年7月版，第210页。

田间默想，举目一看，见来了些骆驼。”[①]以撒是亚伯拉罕之子，以色列先祖，上帝的应许就是从他这里延续到雅各，再到以色列十二支派。于是，以色列作为一个民族出现了：“谁，谁曾在这里，那个族群，被谋害的”，这个民族的命运竟然是被谋害，从根子上被灭绝：

（根。
亚伯拉罕的根。耶西的根。无人
之根——哦
我们的。）

“亚伯拉罕的根”“耶西的根”，都是指弥赛亚，因为上帝应许弥赛亚从大卫后裔而出。《以赛亚书》说：“从耶西的本必发一条；从他根生的枝子必结果实。……到那日，耶西的根立作万民的大旗；外邦人必寻求他，他安息之所大有荣耀。”[②]所以，他是“无人之根”，这个“无人”不是没有人，我们早就论述过，在策兰诗里，指向“更高的存在”。弥赛亚也是那位“更高的存在”所立的根，又是“我们的”根。“我们”指犹太民族，这里，“我们的”至关重要，犹太人的集体认同，弥赛亚出自犹太人，又是犹太人的根。

策兰以重复的诗句带来转折，“是的，/当一个人对石头

① 《创世记》24:63。

② 《以赛亚书》11:1–10。

说话，像/你”，又回到了诗的开头“对石头说话”，至此，我觉得石头的含意已再明白不过了，那就是上帝的应许，写在石头上的永远的约，但悲剧也在这里，大屠杀把犹太人集体灭绝了。“以我的手/刺入虚无，如此，/这里也正如此”，手要抓住那根，然而什么也没有，只有虚无。策兰站在犹太历史和上帝应许的角度，唱出这首大屠杀哀歌，那是对弥赛亚的盼望，对人类救赎最深的痛苦与绝望。试想一下，假如犹太人都灭绝了，还会有出自大卫后裔的弥赛亚出现吗？人类还会有救赎的希望吗？答案自然是否定的。

当然，石头这个意象，在策兰诗里还有许多别的含意，它的丰富和复杂，很难穷尽。不过，有时石头也就是石头，策兰会还它以本来面目，自然界的造物，坚硬，凝固，沉重，是我们所熟知的。如果有什么特别，我觉得，策兰在使用时多少带着《圣经》背景和犹太传统。比如他的名作《卡罗那》：

我们在窗口拥抱，人们从街上张望：
是让他们知道的时候了！
是石头要开花的时候了，
时间动荡有颗跳动的心。
是过去成为此刻的时候了。

是时候了。[1]

---

① 北岛《时间的玫瑰》，生活·读书·新知三联书店，2015年7月版，第159-160页。

这里采用的是北岛的译本。“石头要开花”，想象非常奇特，指的是不可能发生的事要发生了，被禁锢的要释放了，被捆绑的要自由了，最坚硬僵死的东西也要打开，开出娇嫩的生命的花朵了。“石头要开花”因而成了策兰诗歌的名句，其超凡的想象力带来震撼人心的效果。然而，这个意象的运用，实际上可以从《圣经》中找到相似的例证，比如《哈巴谷书》说：“墙里的石头必呼叫；房内的栋梁必应声。”[①]《圣经·路加福音》也有类似的句子：“若是他们闭口不说，这些石头必要呼叫起来。”[②]策兰谙熟《圣经》，他诗里“石头”这个意象的内涵与使用方式，相信跟《圣经》里的寓意密切相关，显示出他的犹太传统与根源。他对大屠杀创痛的言说，是从《圣经》背景下进行的，这也是我们借着他诗里的意象，来解读他破碎的精神图景时不可忽视的因素。

总之，透过石头这个意象，策兰展示了大屠杀对生命的戕害，死亡的恐怖。石头里藏着策兰的伤痛，他立足于犹太历史文化与圣经根源，在大屠杀的哀歌之上，进而从死亡里写出生命，挖掘出人性的力量，那才是大屠杀所不能灭绝的。

---

① 《哈巴谷书》2:11。

② 《路加福音》19:40。

抽打时间直到出血

策兰诗歌另一个重要的意象是“时间”，上面这首《卡罗那》刚好把“石头”与“时间”完美地呈现在一起。不光石头要开花，时间也可以有颗跳动的心。在策兰笔下，时间是动荡的，也即可变的。“是时候了”，是个时间的点，过去到现在是条时间的线，但线可以变成点，过去成为此刻。

这里引用的是北岛的翻译，他对策兰的时间观念有着相当深入的理解。“是过去成为此刻的时候了”这一句，他解释为“对时间的置疑”：“其中包含两个时间，基于两种动词时态：It is time it were time（是过去成为此刻的时候了），表明这两个时间之间既有对立和裂痕，又有必然的联系。这句很难翻译，大意是：此刻是来自那过去的时间的时间。”[①]我认为北岛的感觉是对的，虽然这前面一句“时间动荡有颗跳动的心”，大多译者译为“是不安的心脏跳动”（王家新译），“心儿跳得不宁了”（孟明译），“因躁动而不安分的心跳”（李尼译），等等，都与时间无涉，但北岛把它看为一种时间关系，“是石头要开花的时候了”这一句的从句，因而“心跳”也就打上了时间的烙印。

这首诗的结尾以时间结束，“是时候了”的宣告简洁有力，其实它是首写爱情的诗。有意思的是，诗的开头，也是从

---

① 北岛《时间的玫瑰》，生活·读书·新知三联书店，2015年7月版，第165页。

时间开始的：

> 秋天从我手中吃它的叶子：我们是朋友。
> 我们从坚果剥出时间并教它走路：
> 而时间回到壳中。[①]

“时间”可以藏在坚果里，并且可以剥出来，教它走路，这本身已够神奇，更神奇的是，“时间”似乎害怕了，躲回到壳中。时间并非直线流逝，时间有来回，而且时间还有它自己的意识，按着自己的意志行动。我们从中看到，时间的可变性是策兰诗歌的一个特点；另一个特点，则是前面提过的，在结尾这一段表现出来，“是过去成为此刻的时候了”，过去的时间成为现在的时间，即过去与现在重叠，所以最后一句说：“是时候了。”

《卡罗那》是策兰的早期诗作，“时间”这个意象的含意，基本上代表了策兰对时间的看法，应该说是非常独特的。策兰透过对时间意象的描述，展现了他精神世界的向度，乃至他的世界观。而这些向度与观念，又跟策兰的犹太人身份，他所受的犹太信仰的影响，特别是哈西德派思想的影响分不开。从本质上看，就是策兰身上犹太意识的自然表露。

比如，策兰将过去与现在重叠，成为此刻的时间，这其实

---

① 北岛《时间的玫瑰》，生活·读书·新知三联书店，2015年7月版，第159页。

就是犹太人独特的时间概念的表达，纽斯内尔在《拉比犹太教：神学体系》一书中指出：犹太人的时间概念是“将过去、现在和未来都融合为一个恒定的现时”[①]。这里面有《圣经》和犹太信仰的深刻影响，《出埃及记》记载，上帝在旷野燃烧的荆棘中向摩西启示自己，宣称他是自有永有者，即永恒的上帝。“永恒”是一个“永不过去的现在”，上帝的过去、现在、将来都是“永恒的现在”。这种观念至关重要，犹太人看待时间的方式，也因此在永恒的观照之下，过去、现在、未来都同时是在此刻。

我们以此探究策兰诗里的“时间”意象，便会发现，他悼念死去的母亲，描写大屠杀等已经过去的事件，呈现出的场景都是现时的，比如上面提到的那首《而那种美丽》，死去的母亲活在死亡里，在坟墓里梳妆打扮，垒起石头，过去就在此刻。还有《花》《明亮的石头》等也是如此，策兰写大屠杀，写死亡都是指着当下的，或者给我们的感觉就是发生在当下。他略去了回忆这条从现在到过去的线，不是从现在进入过去，而是直接让过去进入现在，过去与现在是重叠的。策兰给“时间”赋予了形而上的意义：大屠杀没有过去，仍在现在发生。

同时，策兰诗里的“时间”意象所呈现的时间概念，与犹太人的生活习俗密切相关，有着深刻的犹太传统根源。过去不停地来到现在，让过去进入现在，可以说这是犹太文化传统的

① 见张平《导论》，张平译注《密释纳》（第2部 节期），山东大学出版社，2017年12月版，第10页。

特质，比如安息日、逾越节、住棚节等日期或节期，犹太人都会讲述出埃及的故事，旷野漂流四十年的故事，让祖先经受苦难获得自由的历史进入现今的犹太人心里，共同构筑犹太人的集体记忆。如此一来，过去的事便变成了现今的事，这当然是犹太人建立身份认同最有效的方式，犹太经典《密释纳》里有一句非常著名的话："因为埃及人使吾祖在埃及生活受苦。每一代均须视自己为出埃及者。"①

策兰诗歌也有此认同感，让过去来到现在，重叠在一起，任何活在现今的犹太人都是大屠杀遇难者。这构成了双向的时间维度：死去的大屠杀遇难者仍活在现在，现在的大屠杀幸存者也曾死于大屠杀。其结论就是两个维度的重叠：任何一个犹太人都曾经历大屠杀，都曾死过，现在活着的都视自己为大屠杀遇难者。这就是"时间"意象真正的意义之所在。

除此之外，有时，我们又能感受到，策兰诗里的时间是穿越的，一忽儿可以从过去来到现在，过去与现在重叠，一忽儿甚至去到将来，与将来重叠，或者将来来到现在，时间是动态变幻的，就如策兰自己描述的，"时间动荡有颗跳动的心"。这方面的例子很多，最有名的是那首《卫墙》。还在大屠杀发生前，1938年11月，策兰前往法国留学，时年十八岁，途经德国，刚巧遇见"水晶之夜"，纳粹焚烧犹太教堂，砸毁犹太人商店，满街玻璃碎片。多年后，1962年9月，四十二岁的诗人

---

① 张平译注《密释纳》（第2部 节期），山东大学出版社，2017年12月版，第295页。

写下这样的诗句：

经由克拉科夫
你到达，在安哈尔特——
火车站，
你遇见了一缕烟，
它已来自明天。

在过去的那一刻，那缕烟（水晶之夜的烟），与明天的那缕烟（大屠杀焚尸炉的烟）交叠在了一起，时间是可穿越的。如此一来，像这样的诗句在策兰诗里便随处可见："当夜是夜，它和早上一起开始，/挨着你它把我安顿下来。"（《岁月，从你到我》）夜与早上一起开始，变得理所当然了。再比如《日复一日》里的惊人句子："一个明日/跳入昨日，我们拿来，/丢失了那盏烛光，我把一切/扔进无人的手掌。"明日跳入昨日，时间仿佛可以跳跃，按着自己的旨意，这是一。其二，时间还可以是逆向的，从明日回到昨日。策兰为自己四十岁生日所作的《顺着忧郁的急流》，把时间称为"逆泳者"："唯一的逆——/泳者，你/数着它们，触摸它们/一切。"伽达默尔阐释说："逆泳者数着、抚摸着每一棵生命树。在我看来，这个过程的均匀和精确无误显然说明，逆泳者就是流逝的时间本身。不论人的回想或记忆，还是他者陪伴的关切，都不会从第一个年头起就如此稳定不移、如影相随。”①

《在布拉格》是一首分量极重的诗，诗人和他的犹太同胞一直活在大屠杀的阴影里：“那半死者，/吮吸着我们的生命，/灰烬影像的真实围绕我们——”死去的人包围着活着的人，这种感受如此强烈，诗人的“灵魂钉十字架”，“词语如血分娩”，诗的结尾却突然起死回生，有着向死而生的力量。

希伯来之骨，
磨成了精子粉，
穿过沙钟，
我们游过，如今两个梦，逆着
时间撞响，在广场上。

犹太人的骸骨居然“磨成了精子粉”，成为生命的种子，想象之奇特，可能也只有相信枯骨复活的犹太人才想得出来；或者说，这是《圣经》的生死观带来的灵感。据王家新解释，“沙钟”指布拉格老市政厅上的双钟，其大钟盘上的小钟盘以希伯来语标刻时间刻度，逆着大钟盘运转。②大多译者将其译为“沙漏”，我觉得可能两种意思都有。生命的种子变成了“我们”，逆着时间，往回而去，将时间撞响——这当然是宣

---

① 伽达默尔《谁是我，谁是你》，陈早译，上海文艺出版社，2022年11月版，第48页。

② 保罗·策兰《灰烬的光辉：保罗·策兰诗选》，王家新译，广西师范大学出版社，2021年1月版，第237页。

告，灭绝的犹太人终将复活，就如《圣经·以西结书》里那个枯骨复活的预言。

时间可以是过去、现在、将来的一条线，也可以是过去和将来重叠于现在的一个点，“此刻”的意义在于有“永恒”；同时，时间也可以是穿越的、逆向的，这也是犹太传统中有关时间的奥秘，尤其是犹太拉比的释经，他们“对待时间就好像拉手风琴一样，可以任意折叠或展开”[1]。我认为策兰深受犹太拉比释经的时间观念影响，尤其是哈西德派神秘主义传统里有关纵向时间与循环时间的思想，为策兰诗歌打开了更自由的时间天地。

策兰写给早夭的儿子的那首《给福兰绪的墓志铭》，就是哈西德派循环时间观的表现。哈西德派的谚语说，人生无非是进出今生与来世这两扇门，所以策兰写“世界的两扇门/一直敞开着”，从时间观念来说，进出今生和来世这两扇门几乎可以同时发生，也可以循环往复，策兰相信他死去的儿子，“带着绿色进入你的永远”，死了又生，向死而生。

当然，策兰不仅仅局限在哈西德派的时间观里，他对折叠的时间还有更多的理解。除了在《顺着忧郁的急流》里写到“逆泳”的时间，还在《日复一日》里让“一个明日/跳入昨日”，时间变成了可逆的。从这个角度看，策兰笔下的时间向度还可能是多向的，甚至是分叉的，那就不难理解了。他还真

---

① 耶路沙米《纪念：犹太历史与犹太记忆》，黄薇译，上海人民出版社，2022年2月版，第21页。

写过时间的多向伸展带来的现实场景的变化，时间构筑了属于它自己的世界。

> 时间如何分枝，
> 世界再也不知。
> 它在哪里演奏夏日，
> 哪里海就结冰。[①]

这首诗的题目就叫《时间》，是策兰的早期诗作，写于1949年、他还不到三十岁时，他对时间的认知已是如此自由、形态多样，就如他接着描述的："心从何来，/只有遗忘知。/在箱子、匣子和立柜里，/时间长得真实。"真实的时间分别藏在箱子、匣子和立柜里，时间是可以分枝也可以分割的，同时还可以存放。并且，这就是一种生活的日常，因为时间的对立面是遗忘——由此，策兰引出了与时间密切相连的另一个主题：生命。

究其时间的实质，最根本的内涵便是生命。时间是生命的展现，没有时间，也就没有生命。策兰诗歌"时间"意象所展示的精神图景，正是策兰对生命的关注。《火印》这首诗，将时间、生命、死亡、复活融合在一起，非常有代表性。诗的开头，直接切入时间与生命的关系，"我们难眠，因为我们处在

---

① 保罗·策兰《保罗·策兰诗全集第二卷：罂粟与记忆》，孟明译，华东师范大学出版社，2017年8月版，第249页。

钟表内的黑暗里”。诗里所写的“我们”，还有接下去提到的“我”“你”“她”，应该都是大屠杀的遇难者，诗人让自己进入他们中间，一群死人都是醒着的，他们彻夜难眠，因为时间把他们遗忘了。但他们不甘就此灭亡，他们要与时间抗争，也即与生命的毁灭抗争，他们的焦虑如此严重，“我们弄弯指针”，这已经是企图扭曲时间了，他们要把时间重新夺回来，甚至“抽打时间直到出血”。这里有一种荒谬感，生命存在的短暂与企图超越时间的吊诡。

他们依然被遗弃在时间之外，但他们没有忘记时间，抗争在继续，“我和你说起愈来愈亮的黎明，/我十二次对你说起你言辞的夜晚”，他们盼望着“愈来愈亮的黎明”，也记住那些“夜晚”，犹如《圣经》所言创世之初时间的开始：“有晚上，有早晨”[1]，惟有日与夜是他们被遗忘后提示时间行进的标记。当然，策兰的目的是透过时间揭示生命，这是生命遗忘的黑暗，他用这种企图超越时间，超越生命遗忘的努力，来揭示出大屠杀带来的创痛和永远无法愈合的后遗症。“十二”在犹太传统中是个特别的数字，以色列十二个儿子，十二个支派，十二便成为以色列的代名词，策兰以这个特殊的数字表示生命被时间遗弃与整个以色列族群的关联。

“她敞开并一直敞开，/我一只眼睛放在她的腿上，另一只编入你的发辫，/我连接起它们之间的导火线，打开静脉——/一道新生的闪电掠过。”诗的结尾想象十分奇特，

---

① 《创世记》1:5。

“我”用自己的两只眼睛做电极，静脉变成连接的导火线，“一道新生的闪电掠过”，策兰从被时间遗忘的死亡黑暗里，以一道新生的闪电激活生命，让时间从绝望中又走向希望。

《带着信和钟》也有相似的思想路径，一封写给死者的信，“蜡/封住那没写出的，/由此猜着/你的名字，/将你的名字/编成密码”。这是个不知名的死者，信封上的蜡封住了名字，但我们接着读下去，却发现那要打开信封的人也是个死者，因为他的手指已被蜡化，“手指，也被蜡化，/从那陌生的/痛苦的指环中拔出。/融向指尖。”蜡化的指尖开始融化，这一幕令人毛骨悚然。“陌生的痛苦的指环”指什么，颇难猜测。一般来说，指环与印章、印记有关，古代有些国家的君王把名号刻在戒指上，代表权力。还有一种情况，指环指的是婚戒，代表婚约。从策兰诗歌出现的戒指，或者指环的意象来看，大多指向以色列与那位“更高的存在”之间的盟约。但为何又是陌生的痛苦的呢？是这个约定过于遥远因而被遗忘了吗？不得而知，其中的谜底留待我们去思索。

时间的空洞，钟的蜂巢，
成千的蜜蜂新娘，
准备上路。

时间出现了空洞，用“钟的蜂巢”来形容时间，实在精妙绝伦，时间空了，生命流失殆尽。但蜂巢的意象又为后面的蜜蜂新娘提供了充满时间的可能性。蜜蜂新娘要进入空洞的时间蜂巢里，产卵繁殖，让如蜜的时间再次充满。这是一个惊天逆转，时间的空洞是可以重新充满的，死去的生命是否也等待起死回生？最后一句给出了答案：“飘游的光，来吧。”

与“时间的空洞”形成对照而含意更深邃的，则是策兰晚期的名作《号角之部》，写于他去往耶路撒冷之时，他从以色列这块应许之地再次看见犹太人的历史与现实，把自己与犹太传统紧紧连接在一起。

号角之部
深入到这炽热的
空白经文
在火炬的高处
在时间之洞中：

聆听你自己
以你的嘴。

号角吹响，既是警醒与聚集，为战争即将打响的战前动员，又是审判的警号。犹太新年也以吹羊角号开始，而上帝在西奈山降临，和末后的大审判，同样以号角吹响作为提醒。策兰把号角与希伯来圣经连在一起，经文是“炽热的”，也有译为“发光的”，这很容易理解，但为何又是“空白”的呢？这就涉及犹太人的独特理解，只有把自己的生命投入进去，经文的意义才能真正完成，这是个生命的过程。

于是，“时间之洞”出现了，这个“洞”自然有别于《带着信和钟》里的“时间的空洞”，那是一种空缺，布满类似蜂巢的洞穴，所以要由蜜蜂新娘来填补。但《号角之部》里的“时间之洞”，却与犹太历史相关联。当号角响起，火炬燃烧在高处，火光照亮的经文与生命彼此融合，让诗人进入了“时间之洞”，也即历史隧道的深处。这是一种超时空的深入，费尔斯坦纳评论说：“策兰四维的‘时间洞眼’让人想到黑洞。”[①]作为策兰的传记作家，费尔斯坦纳确实独具慧眼，他准确地把握住了策兰“时间之洞”呈现的超然姿态。

关键还在于诗的结尾：“聆听你自己 / 以你的嘴。”确凿无疑地，策兰完全把自己投入进去了，他不光进入了“空白经文”，也进入了犹太历史、传统与现实，他以他的嘴，聆听自己。是否可以这样说，策兰也要吹响那号角，聆听他的声音在犹太历史与现实中的回响，他也将成为那号角声的一部分?

如此，策兰诗歌里的“时间”意象又被赋予了历史、文化、生命等多重含意，让生命进入时间，又让时间进入生命，并融合进犹太历史文化的沧桑与凝重，正是策兰所要表达的“时间”意象的内核。

同样是策兰的名作，《科隆，王宫街》也可作为此种探求的典范。表面上看，《科隆，王宫街》是首爱情诗，实则充满时间与生命，以及犹太历史的交响。策兰与早年的恋人巴赫曼

---

① 约翰·费尔斯坦纳《保罗·策兰传》，李尼译，江苏人民出版社，2009年7月版，第332页。

在德国科隆重逢，两人深夜站在大教堂前，听到教堂钟声，时间敲响了，这也意味着，生命敲响了。“心的时间，梦者/为午夜密码/而站立。”心在呼应，一刹那，犹太人漂流世界的历史，在科隆王宫街一带曾经遭遇的大逼迫，多少人妻离子散，家破人亡，苦难的记忆纷至沓来。

你们不可见的大教堂，
你这不曾被听到的河流，
你深入在我们之内的钟。

诗句结束在对大教堂的追问中，那又何尝不是对上帝的追问，“不曾被听见的河流”指的什么？会不会是六百万被杀害的犹太人——死亡的河流？我不太肯定，但最后一句大致可以想见，“深入在我们之内的钟”，那个走动的时间，就是犹太人的生命和犹太人的血泪史，深入在我们之内。这个“你”，由生命与历史铸造的时间之钟，也象征着死去的六百万犹太人吗？抑或有着更深的含意，甚至指向那位“更高的存在”？这确实令人深思，仿佛时间背后的秘密，已然，却又未然。

我看见我黑暗的存在

无论是“石头”还是“时间”，策兰诗歌的意象有着惊人的深度与概括力，更有着犹太历史文化的丰富性。打开这些意象，就如打开策兰的精神世界，一些隐藏的秘密也随之显露。其实，策兰诗歌意象的内涵，与他所表达的题旨是彼此关联的，有时候我们抓住策兰写作的方向，便也抓住了他的核心意象。比如策兰的诗是向着死亡的写作，“黑暗”自然成为他诗歌常用的也十分重要的意象。

也许，我们并不觉得有什么特别，用黑暗寓意死亡，是众多诗人常用的修辞手法，但策兰诗里的“黑暗”之所以需要重点讨论，是因为它与众不同，甚至可以说，完全超出我们原本的理解。策兰从不将“黑暗”简单化和概念化，比如“黑暗”仅是代表邪恶、毁灭、绝望等，他的态度要复杂得多。就如策兰从灰烬里要写出光辉一样，非常奇特，策兰对黑暗的认识，也是超越简单的正反观念的，而进入黑暗的内里，要从黑暗里写出光亮来。这是一种超道德的思考，里面蕴藏着神学的智慧和启示，或者说，奥秘。

据说，策兰在他的毕希纳奖获奖致辞《子午圈》草稿的一个注释里，谈到诗歌与黑暗的关系：“我思考一首诗作为一首诗的黑暗，思考一种构成的甚至是先天的黑暗。换句话说：一首诗天生黑暗。”[①]策兰的观点称得上惊世骇俗，诗的本质就是黑暗，而且这种黑暗是天生的。策兰后来在公开的演讲中，仍保留了有关诗歌“黑暗”的说法，他是这样说的：“我相信，那如果不是先天性的，便是诗歌如此为了一次——也许是

① 王家新《序论》，《保罗·策兰诗歌批评本》，华东师范大学出版社，2021年5月版，第19页。

自我设计的——远处或异地归于黑暗的相遇。”[①]诗歌是“归于黑暗的相遇”，与“一首诗天生黑暗”，内涵上是相似的，后者的表达更加极致而已。

从策兰的人生经历来看，父母双亡，自己也差点死于大屠杀，后又流亡他乡，他看到的世界全是灰烬与废墟，自然是黑暗的。还有，可能也跟他使用母语德语写诗有关，那是杀死他父母和六百万犹太同胞的刽子手的语言，却又是他生命的一部分，我理解他对德语的感情，这种挣扎使得他的诗歌本身也成了黑暗。有学者曾指出：“能用来真正穿透奥斯维辛之谜的唯一语言，或许是德语，也就是，要‘从死亡的语言内部’来写作。”[②]从这个意义来说，策兰进入德语的最深处，也即进入死亡黑暗的最深处，他因此充满哀痛与纠结，在悼念母亲的诗句里，他表达出的那种撕裂感，给这种黑暗加入了深度：“而你是否还能忍受，妈妈，如从前一样，/那轻盈的，德语的，痛苦的诗韵？”（《墓侧》）与其说是他妈妈是否还能忍受，不如说是他自己。

然而，这仅是事情的一方面，另一方面，如果我们从策兰早期诗歌的意象来看，“黑暗”其实早与他有极其亲密的关系，这才是所谓“一首诗天生黑暗”的真相。尤其是他的情

---

① 保罗·策兰《保罗·策兰诗文选》，王家新、芮虎译，河北教育出版社，2002年7月版，第190页。

② 恩佐·特拉维索《保罗·策兰与毁灭的诗学》，尉光吉译，雅克·德里达等《最后的言者：为了保罗·策兰》，上海文艺出版社，2023年6月版，第21–22页。

诗，“黑暗”这个意象成为秘密或者私密的代名词，有着难以言传的隐秘内涵。

现在，如果睫毛挡住了时间，
生命就因此给予了黑暗。
亲爱的，合上你发亮的眼睛。
你闪光的嘴唇是我的整个生命。

这是他的《催眠曲》，恋情总与黑夜有关，黑暗反而有了生命意义，连时间也被遮挡在外。看上去似乎过于多愁善感，但策兰感受到的青春就是如此，即便在大屠杀发生前，敏感的策兰已经领略了山雨欲来风满楼的气氛，让青春的生命早早与黑暗连在一起。有时诗人被称为先知，对策兰这样的天才来说，并非言过其实。

所以，更别说经历过大屠杀了，黑暗无处不在，如影随形。比如《雨中丁香》，诗里的那一对恋人完全可以看成大屠杀中遇难的犹太人，他们飘忽不定，仅以“影子”或者“黑暗之人”的形象显现：

我的影子丛生，长得比窗格子还高，
我的灵魂是那绵绵细雨。
你，黑暗之人，是否在暴风雨中懊悔

我偷了你那枝罕见的丁香？[1]

我们在诗句里看不到对“黑暗”的绝望和哀伤，相反，倒似乎有亲近之感，仿佛一切都是和谐的、适宜的，影子与黑暗，他们如此融洽，就像依然活在现世的丁香花树下一样。这种情感，在策兰的名诗《卡罗那》里得到进一步深化：

我们互相看着，
我们交换黑暗的词语，
我们相爱像罂粟和回忆……[2]

“黑暗的词语”变成了恋人间的秘密和亲密关系的象征，好像有说不尽的故事，甚至构成了策兰情诗的核心意象，带着点神秘莫测，也多少暗示了人性的某种深度。比如“夜晚的呼吸是你的床单，黑暗降临在你身上。/她触摸你的脚踝和太阳穴，唤醒你的生命和睡眠”（《睡眠和进餐》），再比如“你睁开你的眼睛——我看见我黑暗的存在。/透过它我一直看到那床铺：/那里也是我的和生活。”（《从黑暗到黑暗》）“黑暗”成为生命存在的方式和生活的本质，这确实匪夷所思，但在策兰的诗里却是真实的。这里的黑暗，不完全是大屠

① 保罗·策兰《保罗·策兰诗选》，孟明译，华东师范大学出版社，2010年9月版，第26页。

② 北岛《时间的玫瑰》，生活·读书·新知三联书店，2015年7月版，第160页。

杀的惨剧，更多地指向情爱与人性的暧昧内核。策兰要从死亡与灰烬的世界，写出人与黑暗的亲密关系，从而更深地揭示出作为大屠杀幸存者，一个“活死人”的变异人生。

这当然是很深的话题，许多细微之处，恐怕连语言也无法表达，其中的真意，《紫蕨的秘密》里的这几句诗非常有代表性：“这里，满壶的悲哀也敬奉给活着的人：/在他们喝下它前已变黑了，仿佛它不曾是水，/仿佛它是一朵雏菊在要求着更黑暗的爱，/一个更黑的枕头、窝穴和更浓密的发……”这首策兰的早期诗歌，显而易见，在大屠杀的背景下，借用紫蕨来展现遇难者与幸存者的关系，就如策兰笔下死去的父母与他自己的关系：“谁面对镜子而不在死中逗留？”这就是大屠杀后遗症，幸存者连照镜子都会想起死去的同胞和亲人。于是，死者把“悲哀也敬奉给活着的人”，他们对活着的人是如此关切，渴望得着他们的情感，“更黑暗的爱”在这里有了非常真实的含意，死人的爱，与死人的相爱，是不是属于更黑暗的爱？有多少刻骨铭心的痛苦可以用这样极端的词语来呈现？还有“更黑的枕头、窝穴和更浓密的发……”，把有点抽象的“更黑暗的爱”具体到了恋人间的细节，使其越发真切。

策兰并非要美化黑暗，他是在深入黑暗，就像他要深入到死亡里面一样，他握住了死亡；同样，他也握住了黑暗。如果从道德层面看，策兰不是没有谴责大屠杀灭绝人性惨绝人寰的黑暗，《在黑暗的劈砍中》这首短诗里，策兰发出了最简洁而有力的控诉。

在黑暗的劈砍中我知道了：

你活着向着我，不过，
是在储水塔里，
是在
储水塔里。

黑暗不是形容词也不是名词，它变成了一种拟人化的巨大力量，“劈砍”让我们看到了杀戮的暴虐，“储水塔”不过就是大屠杀的一个形象化概括，如同死亡集中营，那么多遇难者淹没在里面，最触目惊心的莫过于“你活着向着我”，“是在/储水塔里。”“储水塔”的重复，增强了悲剧效果，并且把这一悲剧带进现实生活，就好像我们现在仍生活在如此荒谬而反人类的世界。

所以，让黑暗直指死亡，是策兰给黑暗定的基调，他早年的那首《黑暗》，便是将黑暗与死亡连成一体。诗里充斥着死亡的阴影：“寂静的瓮空了。//在树枝中/无言之歌的闷热/窒息发黑。”然后传来死神的声音，“一种翅翼拍打的旋转”“死亡拉拽”“我的影子与你的尖叫斗争——”黑暗中到处充满不安的躁动。

夜尽后东方的烟缕……
唯有死亡
闪光。

结尾非常奇特，唯有死亡闪光。按理说死就是黑暗，但现在死亡闪光，等于重新定义了黑暗。犹如“灰烬的光辉”，大屠杀将犹太人烧成灰烬，却无法使其湮灭，因为灰烬成了见证，这也就是灰烬发出的光辉。同样，在黑暗里，因为死亡的存在，死亡也成了见证，成为黑暗之光，这正是策兰对黑暗与死亡独特的认识。

《风景速写》形象地展示了黑暗与光亮之间的隐秘关系。诗作一开头，直接进入墓地：“圆形的墓地，在下。在/岁月进行的四节拍里/沿陡峭的石级环绕而上。”这条路通向黑暗与死亡，通向大屠杀遇难者。但诗人笔锋一转，并没继续描写墓地风景，而是深入墓地的深处。

> 熔岩，玄武岩，炽热
> 穿过地心的石类。
> 沉积凝灰岩
> 光在那里为我们生长，在
> 呼吸之前。

在地层深处，沉积的凝灰岩，里面全然黑暗，但光却在那里生长，并且在呼吸之前。呼吸当然指生命，呼吸之前似乎意寓着生命复活之前的状态，那就意味着，地底下的光是先存的，光为我们生长，在生命能够呼吸之前。这样，显然意味着死亡里有复活，就像黑暗的岩层里有光在生长。

《风景速写》让我们看到了黑暗与光亮相辅相成的关系，这在策兰的诗里并非孤例，事实上是他的观念。比如："远处，海岸的/斜坡向我们隆起，/一阵黑暗/一千重的光——这/复活的房子！——/唱。"（《牛吼器》）画面有强烈的对比色彩，"一阵黑暗"与"一千重光"同时涌现，彼此好像是个整体。再比如："谁/在这/阴影的四方里/打响鼻？谁/在它的下面/闪光，闪光，闪光？"（《写作》）黑暗很自然地与光连在一起，两者之间有互动与呼应，彼此连贯，似乎告诉我们一个真理：有黑暗，便一定有光。

当然，在本质上，光与黑暗截然不同，它们形成了对比。如果说，黑暗代表死亡，那么，光就代表新生，这两者是完全相反，又相互并列的。《带着信与钟》是死亡与光的交响，彼此的交叉抒写强烈地凸显出策兰对光的呼唤。"蜡/封住那没写出的，/由此猜着/你的名字"，暗示大屠杀的遇难者，他的名字已成密码，诗人插入一句呼唤式的问句："飘游的光，你现在来吗？"接着便是被那蜡化的手指，揭开一个更大的秘密：拆信的那人也是死者。然后，诗人再次呼唤："飘游的光，你来吗？"时间只剩空洞，似乎一切需要从头再来，诗人最后的呼唤由问句变成了祈使句："飘游的光，来吧。"从这首诗里，我们可以看到策兰在诗中同死亡与光的互动，也是彼此相辅相成的。这正是策兰眼里死亡和黑暗的意义，它们都必然要指向光，指向生命。

但策兰的复杂，或者说他的魅力恰恰也在这里。他诗里的"光"其实也有类似于黑暗的复杂含意，甚至有过之而无不及，把“光”推向另一个极端，一个逆反的方向。这实在是极为冒险而匪夷所思的尝试，策兰赋予了“光”新的定义。

> 光柱，把我们吹打到一起。
> 我们忍受着这明亮、疼痛和名字。

“光”变得不那么美好了，它有一股粗暴的力量，可以伤害到人，明亮，却带来了疼痛，为什么会这样呢？看看策兰后来为一本诗集所取的题目就知道了，《光之逼迫》！李尼在费尔斯坦纳的《保罗·策兰传》里，将其译成《强制之光》，杨子也译为《强制光》，孟明则译为《光明之迫》。光和光明成了逼迫人、强制人的东西。王家新专门对《光之逼迫》这个诗题做了注释：“诗中的‘强光’，让人联想到集中营或是边境线上探照灯的强光，而‘强光的统治’，说明它已在世界上获得了‘合法性’，并且，它已无处不在了。诗中隐含的，仍是一个幸存者想要寻求最隐秘的庇护的愿望。”[①]费尔斯坦纳则认为：“《强制之光》暗含有被光所迫或被驱赶向光的意思。”[②]

诗集中最有代表性的是这首《我们已躺在》：

---

① 保罗·策兰《灰烬的光辉：保罗·策兰诗选》，王家新译，广西师范大学出版社，2021年1月版，第365页。

② 约翰·费尔斯坦纳《保罗·策兰传》，李尼译，江苏人民出版社，2009年7月版，第298页。

我们已躺在
深深的灌木丛里，当你
终于匍匐着爬出。
但我们不能
以什么遮暗你：
那里是强光的
统治。

“强光的统治”这一句，专制的意味很重，显然是负面的。试图从黑暗里逃脱，当然是要逃向光，可光竟然如此强烈，让人畏惧，进退维谷。显然，策兰对光的认识是建立在大屠杀背景之上的，他在黑暗里，内心既对光有渴望，也即他的诗有趋光性，但鉴于他在纳粹劳动营的特殊经历，以及父母死于集中营的创痛，他又对强光非常敏感，甚至本能地躲避，这是在他人性深处的矛盾，所以，光的意象承载了相当复杂的内涵。

这里面，未尝没有对战后世界政治形势的思考，还有对依然阴魂不散的反犹主义的担忧。实际上，纳粹的反犹主义也是以真理的面目出现的，尤其在基督教世界，“取代神学”大行其道，连伟大的宗教改革先驱马丁·路德也深陷反犹主义的泥沼，他的言论后来为希特勒所利用。这一切，无不在昭示一个真理：当某种思想成为绝对正确、一统天下时，就如强光一样，反而给人恐惧与伤害。这是策兰从历史里得出的教训，也是对现实的思考。策兰的深刻正表现于此，他最终赋予光以哲学层面的意义。

当然，往更深处说，策兰诗里黑暗与光明这一对意象的表达还有着神学的维度，我们可以从他的名诗《熄灯祷告》感受到他幽深而微妙的心灵世界。《熄灯祷告》这个题目的原文是拉丁语“黑暗”，“熄灯祷告”是意译，孟明就把这首诗按原题译为《黑暗》。在教堂里，随着祷告的开始，灯一盏一盏熄灭，渐次进入黑暗。策兰将耶稣被钉死在十字架上与犹太人被毒死在毒气室里重叠在一起，仿佛处于同一时刻，大屠杀的遇难者与耶稣的肢体拉扯在一起，黑暗被赋予了最悲怆、最惨烈的含义，就如同全人类的至暗时刻。但是，这个黑暗里头，并不完全就是死亡和毁灭，相反，有另一种力量在生长。

它曾是血，它曾是
你流出的啊，主。

它闪闪发亮。

黑暗的最深处，光亮出现了。原来是血，血在闪闪发亮。流血代表死亡，但在这时，流血却从死亡里发出了光亮——从神学的角度来说，死亡降临的时候，救赎也来到了。这是策兰诗里“黑暗”的复杂之处，也是它真正的内涵，其背后的神学含意确实是非常深奥的，很容易让我们联想到《圣经》里有关上帝的奥秘，比如，《圣经》说，上帝满有荣光，但上帝却住在黑暗里。《诗篇》这样描写："他以黑暗为藏身之处"[①]，西奈山上帝赐下律法时，《出埃及记》记载："于是百姓远远地站立；摩西就挨近上帝所在的幽暗之中。"[②]所罗门建造圣殿，上帝对所罗门说："他必住在幽暗之处。"[③]这些描述我们会觉得难以理解，荣耀的光芒万丈的上帝，竟然住在黑暗里，以幽暗为他的居所。这里面，黑暗与荣光看起来是矛盾的、不可兼容的，但在上帝那儿，却是融在一起的。甚至连上帝的创世，也是从黑暗中分别出白昼。难怪《圣经》会说："隐秘的事是属耶和华我们神的；惟有明显的事是永远属我们和我们子孙的"[④]。由此，从死亡中唤起生命，从流血中带出救赎，在上帝手中也就不成其为难成的事了——一旦站在神学维度，策兰诗里"黑暗"这个意象的复杂程度，甚至黑暗里包蕴着光明、光明中又潜藏着黑暗这样彼此对立的境况，反而使得策兰的诗歌意象充满张力，也充满魅力。

那里将有另一只眼睛，/陌生的一只

策兰是大屠杀的亲历者，也是观察者和见证者，"眼睛"对他来说至关重要，因而，毫无疑问地，"眼睛"这个意象在

---

① 《诗篇》18:11。

② 《出埃及记》20:21。

③ 《列王纪上》8:12。

④ 《申命记》29:29。

策兰诗里占有非常重要的位置。可以说，他的诗遍布眼睛。

眼睛既是观察，也是关注，更是心灵的窗户，其本身的内涵就非常丰富。但策兰诗里的眼睛却与众不同，显得有些怪异，它常常孤零零地出现，突显在某种背景之下，比如："一只眼，/不成对，闭着，/这睫毛半遮面的晚客，到了，/没等天黑就来"（《静物》）[①]，"一只眼，今天/把它献给第二只，双双/合闭，跟随流水/进入阴影"（《低处的水》），"啊，这只醉眼，/也像我们四处游荡"（《山坡》）[②]，"那冷光的独眼，因/盲目而有了母性"（《住惯了》），"一只右眼/闪光"（《绕道的》）。这样的诗句随处可见，而且这些眼睛都不是成对的，只有一只眼，游离于人体之外。法国著名作家莫里斯·布朗肖敏锐地捕捉到这种现象，指出那是外部的眼睛，"与人分离的眼睛，也可谓孤单的、无人的眼睛"。[③]为什么会是这样呢？布朗肖并未解答。我认为与策兰写作的主要内容，也即大屠杀和死亡有关。策兰写的大多是死人，诗里出现的眼睛，也大多是死人的眼睛。

那里将有另一只眼睛，
陌生的一只，挨着

① 保罗·策兰《保罗·策兰诗选》，孟明译，华东师范大学出版社，2010年9月版，第101页。

② 同上，第108页。

③ 莫里斯·布朗肖《最后的言者》，尉光吉译，雅克·德里达等《最后的言者：为了保罗·策兰》，上海文艺出版社，2023年6月版，第112页。

我们的：哑默
在石头的眼睑下。

这是《信心》的开头，“哑默”和“在石头的眼睑下”已在暗示，这一只陌生的眼睛不是常人之眼，接下来的诗句“来吧，钻出你们的洞穴！”一下子点明了真相，原来是死人的眼睛，已经石化，眼睑都变成了石头。

那里将有一副睫毛，
向内化入岩石，
钢化，被那不流泪的，
最精良的纺锤。

连睫毛也化入岩石，并且钢化，“纺锤”在策兰的诗里通常代表强大的无法掌控的力量，有一种宿命感。按布朗肖的说法，这是“去肉身化的眼睛，失去交流能力的眼睛”①。它们如幽灵般“游荡着”，这样的意象表达，无疑深化了死亡的含意，没有了生命的眼睛，同时也没有了人之为人的本质，它的存在反而突显出毁灭的力量——那是生命的异化，将人的眼睛变成了另一种像人又不是人的器官，一块似是而非的化石。

即便是怀念故乡的诗作，诗里出现的带哀愁的眼睛，也有

---

① 莫里斯·布朗肖《最后的言者》，尉光吉译，雅克·德里达等《最后的言者：为了保罗·策兰》，上海文艺出版社，2023年6月版，第113页。

着上述“眼睛”意象的特点，孤独而怪异。比如《田野》：

永远这只眼。
永远这只眼，遇见
沉沦姊妹的音容
你就抬起它的眼睑。
永远这只眼。
永远这只眼，目光吐丝
缠住那一棵，白杨树。[①]

白杨树在策兰诗里是故乡的象征，也常以此表达与母亲的连接，并用来指称犹太文化传统或者犹太族群，甚至将其意象的含意扩展为指代人类。“我看见我的白杨朝水里走去，/我看见，她的臂怎样伸到水底，/我看见她的根对着天空祈求夜晚。”（《我听说》）[②]这里的白杨树既可指故乡，也可指犹太群体，这首诗的最后一句“再也看不见我的白杨”，也可理解为双关语，诗人失去了故乡，也失去了犹太同胞。六百万犹太人遇害，大屠杀的种族灭绝让他说出“再也看不见”这种极其悲怆的话语，是非常真实的。至于白杨树与母亲的关联，策兰那首《白杨树》意蕴深远且情真意切：“白杨树，你的银色

① 保罗·策兰《保罗·策兰诗选》，孟明译，华东师范大学出版社，2010年9月版，第109–110页。

② 保罗·策兰《保罗·策兰诗全集第三卷：从门槛到门槛》，孟明译，华东师范大学出版社，2022年9月版，第87页。

枝叶闪耀成黑色。/我母亲的头发从来不会变白。”白杨树与母亲形成对应关系，寄寓着诗人的特殊情感。

在这首《田野》里，策兰一开始也以白杨树揭开故园愁绪：“永远那一棵，白杨树/在思想的边缘。”故乡已成为思想的一部分，却远在边缘。“永远那一棵”与后面的“永远这只眼”构成呼应，故乡永远矗立着一棵白杨树，那是一种标记，犹如面对大屠杀和死去的同胞，也有一只眼睛永远睁开。“永远这只眼”不停重复，强调眼睛作为见证，一直在看着这一切。“遇见/沉沦姊妹的音容”这一句，读来似曾相识，不由得让我们想起策兰早年的名诗《在埃及》：“你要对那异乡女人的眼睛说：化作秋水。/你要在异乡女子的眼里，寻找你认得的水中人。/你要把她们从水中唤出来：路得！拿俄米！米利暗！”[①]路得、拿俄米、米利暗都是《圣经》人物，也是犹太女性的代表，她们是否也可以是《田野》这首诗里的姊妹？我觉得是可能的，她们都出现在“眼睛”这个意象里，从“寻找”到“遇见”，展示出犹太女子的集体命运。诗的结尾：“永远这只眼，目光吐丝/缠住那一棵，白杨树。”在这里，白杨树显然不仅是故乡的象征，它更是犹太传统、历史文化、精神特质的标志，诗人要紧紧抓住它。

有意思的是，诗里的这只眼睛，到底是谁的眼？为什么是“永远这只眼”？如果我们理解为诗人的眼睛，当然也是成立

① 保罗·策兰《保罗·策兰诗选》，孟明译，华东师范大学出版社，2010年9月版，第67页。

的，诗人的怀乡之情，对犹太民族、历史传统的爱与追思，最后是紧抓不放的决心，印证了策兰自己所表白的犹太人身份。“我们自己是犹太人，我们想当犹太人，继续做犹太人。”[①]这是他给友人信里说的话，他还坦陈：“犹太意识总是交织在像我这样一个在犹太环境里成长起来的人所书写的所有东西里面。”[②]

但同时，我们肯定也会觉得不满足，因为这只眼睛太特别了，它应该还有别的含意在其中。我认为，策兰对眼睛这个意象有意地“去肉身化”处理，是要让这只眼睛成为见证者，它既是个人的，比如诗人自己的，也是群体的，甚至是人类的。《翅夜》里的几句诗，很能说明这种关系。

你呢，你：
栖在那只
陌生的眼里，借它
鸟瞰了这一切。[③]

一方面，策兰故意省略了别的器官，只让眼睛孤零零地存在，为的是突出其见证功能，将一只眼睛去除个人化而抽象为

---

① 约翰·费尔斯坦纳《保罗·策兰传》，李尼译，江苏人民出版社，2009年7月版，第274页。

② 同上，第324页。

③ 保罗·策兰《保罗·策兰诗全集第三卷：从门槛到门槛》，孟明译，华东师范大学出版社，2022年9月版，第207页。

人类视角。另一方面，这只“眼睛”是在时空中突兀地显现的，它不依赖于任何人，孤悬其上，给人以悠远空阔之感，好像从历史而来，有时又给人来自未来的感觉。那么，这会不会是超越于人之上的见证呢？甚至，是“更高的存在”的见证？

策兰在诗里无数次表达过大屠杀的不可见证。死亡集中营正是人类所发明的，所以人类无力见证，策兰称为“无人/为这见证/作证”（《灰烬的光辉》）。这个“无人”，前面已经论述过了，既指没有人，更指向“更高的存在”，如果不存在“更高的存在”作为见证，那么，以策兰对人的绝望，他的诗歌写作便变得完全没有意义。其实不是的，策兰让这只怪异的“眼睛”出现，就是要表明，见证仍然是可能的，而且是必然存在的。它当然独立于个人、群体，甚至人类之上，它可能来自历史或未来，甚至它就是形而上的“更高的存在”，反正这只眼睛始终在注视着，“现在：永恒也溢满眼睛”（《走到今天就瞎了》），“它看见，因为它拥有眼睛，/每一只眼是明亮的大地”（《冰，伊甸园》）。终于，我们看到策兰透过“眼睛”这个意象，所展示的精神图景，在盲目中寻找可见的，在绝望中指向希望，让大屠杀的见证成为一种恒久的、充满天地的注视。

从这个角度来说，“眼睛”这个意象是非个人视角的，所看见的事物、场景也是非个人目光所及的视象，带着某种抽象性与普遍性，布朗肖敏感觉察到了这种奇特的状况，他指出：“剥夺自身的目睹也是一种目睹的方式。对眼睛的迷恋所指示的，绝非可见之物。”[1]确实，策兰诗里这只眼睛所见的“绝非可见之物”，大多是死亡的世界，坟墓和石头之下死人的生活，甚至是石化了的生命。

当然，策兰诗里的眼睛还有另一种视角，即死亡视角：

眼睛，盲世界，在死亡裂隙里：我来，
冷漠在心里成长。
我来。

“眼睛”本是可见世界，此时却成了“盲世界”，这也是策兰诗歌意象使用的吊诡之处，他常用石头来形容眼睛，盲目是眼睛的另一种称呼，在大屠杀后这个满是灰烬的世界，眼睛所见的，都是盲世界；或者，眼睛就是个盲世界，盲目才是眼睛的真相。究其原因，便是诗里说的“在死亡裂隙里：我来”。他来自死亡的裂隙，《雪床》这首诗，某种意义上表达了策兰的艺术观，他是透过死亡裂隙看世界的，所以他反复强调“眼睛之盲世界，/眼睛在死亡裂隙里，/眼睛眼睛”。对此，费尔斯坦纳评论说：“凝视死去的犹太人的眼，或是从死去的犹太人的眼里投射出来的凝视，贯穿策兰的全部作品”[2]。

---

① 莫里斯·布朗肖《最后的言者》，尉光吉译，雅克·德里达等《最后的言者：为了保罗·策兰》，上海文艺出版社，2023年6月版，第113页。

② 约翰·费尔斯坦纳《保罗·策兰传》，李尼译，江苏人民出版社，2009年7月版，第100页。

综上所述，策兰诗歌的“眼睛”意象常常是孤立的、脱离人体的、变异的，甚至是盲目的。而且，还有一个鲜明特征，它是割裂而破碎的，这不光是指一只眼睛，比如《火印》里的诗句“我一只眼睛放在她的腿上，另一只编入你的发辫”，显然诗人有意为之，将两只眼睛给分割了。这绝不是孤例，在策兰诗里，人的五官是破碎的，人体也是破碎的。我们不妨来看策兰的早期诗作《言语栅栏》。

栅栏之间，睁圆的眼。

闪光动物的眼睑
向上投出
它的一瞥。

虹膜，泳者，无梦且冷寂：
心灰色天空，一定靠近。

据说策兰的岳母是法国贵族，晚年住在修道院，她对策兰十分冷漠，策兰与妻子一道去看她，只能隔着栅栏与她说话。策兰的这首诗也许有感而发，但其最主要的意思，并非写自己与岳母的尴尬关系那么简单，策兰触到了大屠杀后诗歌对苦难的言说，言语的栅栏所隔开的世界，有着深层的人类文明困境的思考。

首先出现的也是孤零零的眼睛，诗人给了个特写，画面异常清晰，而且是放大了的，连虹膜都看得清清楚楚。这只冷寂的眼睛应该属于策兰岳母，但策兰并未继续写他岳母的面部表情或者别的动作，他直接切入了自己的感受，“我们是陌生者”，然后就是结尾，回到修道院栅栏前的场景：

地砖上面，
相互贴近，这两滩
心灰色：
两张
充满沉默的嘴。

两张沉默的嘴也好像是悬空出现，同样显得孤零零的。我们读这首诗，最强烈的印象便是眼睛和嘴，好像悬浮在栅栏两边，看上去十分怪诞，却也异常真实。

从这里，我们也许能发现，策兰写人的脸部，写五官，都是零碎的，写人体也是如此，他故意给人一种感觉，就是四分五裂的器官，而不是一个整全的人。《走进雾角》借助雾中响起的角声，写出一个雾气缭绕中的破碎身体。

隐秘镜中的嘴，
壮志柱前的膝，
铁窗上的手：

你们就享用这黑暗吧，

道出我名字，

把我领到它跟前。[1]

其实云遮雾罩带来视觉上的破碎不是这首诗所要表达的意思，因为嘴、膝、手分别处于不同的空间，完全是超现实的存在。它的重点在后面，由“雾”自然联想到“黑暗”，指明与大屠杀有关，“道出我名字”，仿佛回到死亡集中营的点名场景，遇难者来了，他被领到雾前，也即“黑暗”前。雾角吹响，诗人想起的必定也是集中营里纳粹发出的命令，死亡的号令一旦下达，多少遇难者都要去享用黑暗。也难怪，诗里出现的人体是支离破碎的，嘴在这里，膝在那里，手又在另一处。

《言语栅栏》《走进雾角》这两首诗只是开始，人体的碎片化在策兰诗里愈演愈烈，随处可见。比如：“在嘴唇高处，可察觉：/变暗的生长。……嘴唇曾经知道。嘴唇知道。/嘴唇哑默直到结束。”（《在嘴唇高处》）“一道灼热的通知，/愈来愈刺耳，/留下淌血的耳朵。”（《放弃灯光之后》）如同“眼睛”的意象一样，嘴和耳也都孤零零的，突兀地悬浮在大屠杀的背景之下，呈现出一个碎片化的世界。还有“他们吃：/疯人院狂人的地菌，一片/未埋葬的诗，/找出舌和牙齿。//一滴泪滚回它的眼睛”（《布满骨灰瓮的风景》），以及“在我的/夏日闪电之膝盖前/一只手/擦拭你的眼睛/停

① 保罗·策兰《保罗·策兰诗全集第二卷：罂粟与记忆》，孟明译，华东师范大学出版社，2017年8月版，第97页。

在那里”（《在我的》），“那个我，以一只/相似于你的/眼睛看住每一个手指”（《这不曾梦到的》），等等，人体器官都成了碎片，其中，《灰白的凿穴》则是碎片化世界最触目惊心的表达：

一只耳，被割下，倾听。

一只眼，被切成细丝，
与这一切相称。

破碎的人体，这本身就是对大屠杀悲剧极其尖锐的揭示，更重要的是，策兰透过碎片化的“眼睛”“嘴”“耳朵”“手”“膝盖”等意象，说出了这个世界的真相，大屠杀后的人与世界，就是灰烬与碎片。这既是人类文明的废墟，也是策兰的精神图景，他心灵深处最为哀痛的荒凉，乃至极端的荒芜。“变暗的碎片回声/在脑海的/水流里”（《变暗的》），策兰的思想意识也由此被碎片充满，“因为你找到了苦难的碎片/在荒凉村庄，/百年影子在你身边休息/听你思想”（《因为你找到了苦难的碎片》）[①]。

在碎片的世界，我们找不到完整的人，真正拥有生命的人，人变成了“影子”“阴影”，人的本质消失了，被抽象为

① 保罗·策兰《保罗·策兰诗选》，孟明译，华东师范大学出版社，2010年9月版，第347页。

一种虚幻的存在。《哪里有冰》里的诗句，最为强烈地表达了大屠杀后的人性悲剧：

我问：那边的人怎么称呼你？
你跟我说，就叫这名字：
上面有个灰烬的幻影——
你从玫瑰来。[①]

人就是“灰烬的幻影”！还有《直到》里的诗句“直到/我将你作为一个影子触摸，/你才信任/我的嘴”，只有把“你”当作影子，我才被信任。这里，影子才是真实的，无论死人活人，都不过是影子——从灰烬与碎片的世界，策兰进而写出了一个影子的世界，人被摧毁后，人性的本质如同幻影，只能指向虚空。

当然，策兰自己也不例外，他也是影子世界的一员，这就是他的命运，他曾在《何处？》一诗里，预言式地预告了自己的结局，“水的针脚/缝纫破裂的/阴影——他搏斗/更深地向下，/自由。”他成为一个影子溺死在水里，但他的死仍有着见证的意义。诚如特拉维索在《保罗·策兰与毁灭的诗学》一文中所写，“所以他能够试着在废墟中抵达历史的真理，抓住其中的碎片，复原出一个图像。诗歌从时间的缝隙和历史的撕

① 保罗·策兰《保罗·策兰诗全集第三卷：从门槛到门槛》，孟明译，华东师范大学出版社，2022年9月版，第121页。

裂中涌现；它如一个‘尖锐的音符’被铭刻于当前；它不是‘无时间的’，而是‘穿越时间’的尝试。它承受时间的疤痕，作为其粗糙、其暴力、其深渊的见证”。[①]

结语：等待，一阵呼吸的结晶

越到晚期，策兰诗歌的意象世界越显出废墟化的倾向，他喜欢使用那些坚固、冷硬、沉重的物体来表达自己的思想情感，诗中出现了诸多如砾石、岩屑、碎石、碎屑、碎渣、余渣、尘埃等意象，构成了一个无生命的荒寂世界。“砾石和岩屑。一节音律，细弱，/作为时间的应诺。”这是《夜》里的诗句。“粗粝的沙，那从墙上/分离的沙，和其他/碎渣一起/存储在壳里。”（《低处的水》）诗人所见的风景也都是荒凉而破碎，或者，索性布满了灰烬：“大，灰色。没有/余渣。/你，那么。/你和这苍白的/咬开的蓓蕾一起，/你在酒的洪水中。”（《炼金术》）意象突兀、孤立，连说出来都结结巴巴，所以，声音亦变得破碎：“声音，充满喉咙，在碎石里/甚至被无限铲开，/（心——）/泥浆般涌流。”（《声音》）碎石直接进入喉咙，心涌流着泥浆，诗人自己，乃至大

① 恩佐·特拉维索《保罗·策兰与毁灭的诗学》，尉光吉译，雅克·德里达等《最后的言者：为了保罗·策兰》，上海文艺出版社，2023年6月版，第35页。

屠杀后的人类，都被碎石余渣填满了。

这无疑是策兰所描述的精神图景——灵魂的荒寂，在这个荒寂世界，主色调是黑色、灰色和白色，比如："黑大地。你——/黑大地，时光/之母/绝望"（《黑大地》），"青苔变灰，石头脱落，/穴鸟惊醒，不停地/飞越冰河"（《夜间开合》），"灰白的/凿穴，陡峭的/感觉。"（《灰白的凿穴》）"白色/移动着我们，/无须负重/我们用来交换。/白与轻：/让它漂移。"（《白与轻》）其中，尤以黑色分量最重："线太阳群/升起在灰黑的荒野上。"（《线太阳群》）"弃儿，星宿，黑色，充满言语：以/破裂的誓约命名。"（《万灵节》）"痕迹和痕迹/最终，灰白/覆盖，死一般地。"（《一个你》）类似的诗句不胜枚举，因为黑色意味着黑暗，那才是策兰生命的底色："在晦暗的，发白的荒郊路上，/每晚，在你/面前，天之渊。"（《立石》）[①]

从外部环境来说，晦暗的世界等同于深渊，但更严重的，则在人的内部："洗去/额沿下两个/眼窝里的飞沙。/细看/里面有黑暗。"（《今天和明天》）[②]眼窝里面有黑暗，就像策兰在《从黑暗到黑暗》里说的："你睁开你的眼睛——我看见我黑暗的存在。"你的眼睛里有我的黑暗存在，策兰让自己沉溺其中，"在黑暗中更黑"（《距离赞》），甚至难以

---

① 保罗·策兰《保罗·策兰诗选》，孟明译，华东师范大学出版社，2010年9月版，第217–218页。

② 保罗·策兰《保罗·策兰诗选》，孟明译，华东师范大学出版社，2010年9月版，第142–143页。

自拔。

如果到此为止，策兰诗歌的意象世界也已足够称得上别具一格了，但策兰更为特异之处，还在于他继续进行深度掘进，他真的如一个矿工，往岩石里面挖掘，挖出一堆岩层深处的矿物，比如《尖端》里的诗句：

矿石裸露，水晶，
晶洞。
尚未书写之物，硬化
进语言，铺展下
一个赤裸天空。

据说策兰喜欢研究矿物，阅读大量相关书籍，有关矿物的知识极为丰富。一方面，固然与他想寻找陌生化的词语、意象有关，为诗歌注入新鲜血液；另一方面，也是他精神图景的某种表达，矿物比起人类眼见的世界更久远，它所形成的条件也更恶劣。尤其是水晶，简直成了策兰的钟爱之物，是否水晶的坚硬、冰冷、通透等特质吸引了策兰？还是另有原因？我们很难知道。也许策兰并不满足于满是石头与灰烬的世界，他在寻找比石头更坚固，并且是通体透亮的大地深处的结晶，这种毁灭性环境下造就的结晶，灾变后的独特余存，成为他灵魂世界的某种标识。

雪床在我俩各自下面，雪床。

水晶覆盖着水晶，
像时间一样深陷，我们坠落，
坠落，躺下，坠落。

这是《雪床》里的意象，雪、水晶、时间，冷硬而光亮，诗人透过死亡裂隙的眼睛所看见的，是“眼睛之盲世界”，最终，“和夜一起，我们融为一体。/流逝，流逝。”坚硬的水晶的光亮，不管有多难以磨灭，仍然深陷于时间，并且坠落，与黑夜融为一体。这也是我们在前面引述的法国诗人雅克·杜潘《保罗·策兰》一诗结尾的意象来源：“穿过蜂拥的灾难/与夜晚融为一体。”揭示了策兰“从黑暗到黑暗”的人生。

水晶映出一个更黑暗的存在，或者说，黑暗才是更坚硬的存在。无独有偶，在另一首诗《剥蚀》里，诗人“深入/时间的罅隙”，进入冰的世界：

在这
冰蜂巢中
等待，一阵呼吸的结晶
你的不可取消的
见证。

伽达默尔对这首诗有过解读，他说：“我们一定会感受到反差，四周冰壁高耸，呼吸的结晶微乎其微，这几何奇迹的存在转瞬即逝，如同精雕的雪花，孤独地旋转在冷冬的空气中。

然而，这孤零零的微物，就是证据。”[①]

这首诗的重点就在这里，“呼吸的结晶”，太容易让我们联想起“水晶”的意象，策兰是要把自己在严冬里的一阵呼吸，化为水晶般的结晶，而且让这个结晶成为“不可取消的/见证”。如果从这个角度去看，深埋地下的矿物不都是见证吗？它们见证了地壳的运动、毁灭性的挤压、矿物质的形成。同样，策兰的“呼吸的结晶”，是否也在见证生命的存在和破碎，化为灰烬与余渣，一个令人惊骇的废墟世界，且以恒常的视角，把所有创痛都凝结成结晶。

说到结晶，我们不得不提到雪，雪也是结晶，虽然与水晶是完全不同的物质，但在策兰诗歌里，从早期到晚期，“雪”的意象贯穿始终，并且一再被重复、扩展，我们甚至可以说，“雪”才是策兰诗歌意象的核心。

一开始，乌克兰的雪是策兰哀悼与伤痛的第一声悲泣：“下雪了，妈妈，雪落在乌克兰：/救世主的光环是万千颗粒的愁苦。/在这里，我的泪水够不到你……那会是什么呢，妈妈：成长还是创伤——/是否我也陷进了乌克兰的积雪？”（《冬》）[②]“秋天流着血去了，母亲，冰雪灼烧着我：/我找出我哭泣的心，我发现——哦夏天的呼吸，/它就像你。/而我的泪涌出。”（《黑色雪片》）“雪”代表怀念、哀伤，

---

① 伽达默尔《谁是我，谁是你》，陈早译，上海文艺出版社，2022年11月版，第121页。

② 保罗·策兰《保罗·策兰诗选》，孟明译，华东师范大学出版社，2010年9月版，第8–9页。

也是诗人难以愈合的伤痛。这种情感如此强烈，以至于他看见山里的风景，勾起回忆，一旦想到雪，便是痛苦——“白皑皑的，一场雪，痛苦的雪。”（《山里的春天》）[①]

但雪的洁白晶莹，笼罩大地，拥有覆盖万物的力量，策兰也为其带来另一层含意，将其洁白的属性扩展为圣洁，与《圣经》赋予雪的意思重叠。《诗篇》有云：“求你用牛膝草洁净我，我就干净；求你洗涤我，我就比雪更白。”[②]在《耶利米哀歌》里，雪的洁白与犹太人的高贵连在一起，“锡安的贵胄素来比雪纯净，比奶更白”[③]。很自然，雪的洁白被策兰寄寓于死去的母亲身上，因为母亲就是犹太人的代表：“积雪皑皑，夜风，你的头发！/我仅存的洁白，我失去的洁白！”（《这样睡去》）雪的洁白有一种精神性的指向，不光是母亲身上的美德，而化身为犹太精神特质，很容易让我们想起《圣经·利未记》里上帝吩咐以色列人的话：“所以你们要成为圣洁，因为我是圣洁的。”[④]此种情感，在《回家》里表达得更为鲜明：“雪落下，密集，更密集，/鸽子之白一如昨日，/雪落下，仿佛你仍在梦中。”雪里的乡愁，蕴含着对犹太根源的向往，策兰因此对雪的洁白念念不忘。

如此背景下，雪成为哀伤与纪念的结晶，也是思念的

---

① 保罗·策兰《保罗·策兰诗全集第二卷：罂粟与记忆》，孟明译，华东师范大学出版社，2017年8月版，第191页。

② 《诗篇》51:7。

③ 《耶利米哀歌》4:7。

④ 《利未记》11:44。

化身。

痛苦–笔记簿，
成为雪，融化于雪：

在日历的裂口
他的摇篮，他的摇篮
被这新诞生的
虚无。

在这首《痛苦–笔记簿》里，策兰直接把大屠杀创伤与记忆，也即见证，跟雪连在一起，“新诞生的/虚无”自然也指向“更高的存在”，这是“雪”的意象的重要转换。与此同时，雪也成了策兰思念母亲与犹太同胞姐妹的代名词，“化成灰的眼睑飞来，下面那只姐妹眼/早已把雪编织成思念——”（《瞧你被词语弄花了眼》）[①]于是，雪也便成了策兰的安慰，在满是灰烬的世界里，雪给他带来心灵慰藉，《我孤独一人》是他进入成年的悲吟，“我孤独一人，把灰烬之花/插入盛满成年之暗的瓶”；绝望之中，一只迟来的鸟，“它红色的生命羽上带着雪花，/嘴里衔着冰的谷粒，从夏天飞来。”[②]

---

① 保罗·策兰《保罗·策兰诗全集第二卷：罂粟与记忆》，孟明译，华东师范大学出版社，2017年8月版，第153页。

② 保罗·策兰《保罗·策兰诗选》，孟明译，华东师范大学出版社，2010年9月版，第70页。

这儿透露出一个信息，策兰这位大屠杀幸存者，犹太孤儿，在他的生命成长中，能够安慰到他的，却是曾经给他哀伤，让他感受丧母之痛的“雪花”。

这无疑是一种难以言传的心理疗伤，惟有从死亡里来的哀痛才能慰藉生者的哀痛，惟有悼念的雪也才是安慰的雪，策兰因而发出了这样的呼唤：“你可以充满信心地/用雪来款待我”（《你可以》）。他在晚期诗作中使用“雪床”这样的词，可看出情感上对雪的亲近，甚至索性将自己的诗集命名为《雪部》，“雪部，最后拱起，/在上升的引力里，在/永远无窗的/茅屋前”（《雪部》），以至于最后自杀前，策兰在耶路撒冷说出了如此动人的诗句：

> 我把你归还给你，那是
> 我雪白的安慰……

这首诗王家新译为《极地》，李尼译为《两极》，这里采用的是王家新译本，因为李尼把“雪白的安慰”译成“雪-逸”，多少有点难懂。根据费尔斯坦纳的解释，这个很特别的词可能有着只有策兰自己知道的某种秘密。孟明将其译为“白雪之慰”，跟王家新译的意思比较接近，我觉得还是可取的，主要意思就是白雪带来的安慰，里面当然包含了雪对策兰个人生命的影响。

由此，我们看到“雪”这个意象的多层含意，从最初的悼念，到后来的安慰，含意不断扩展，内涵同时又是叠加的，复杂而丰富。我不由得猜想，如果呼吸意味着生命，呼吸结晶指的是生命的结晶，那么，雪则是水汽的结晶，从策兰的人生经历与雪的关系，我觉得是否也可以把它看为泪之结晶？也即哀悼的结晶。

那么，哀悼又是如何变为安慰的呢？在策兰的认知里，世界已是灰烬与碎片，惟有从死去的亲人那里寻找，这样，创伤也便成了慰藉的来源——这确实匪夷所思，但在策兰的诗里却是真实的，因为世界已然荒芜，一切都是虚妄，泪才是真，诚如法国诗人、哲学家米歇尔·德吉评论策兰所说的："泪水是灵魂的唯一证明。"[1]从这个角度，我们便也能理解，雪的意象从哀悼里带来的安慰，越发衬托出今天人类精神世界的废墟，确实无所傍依。更何况，雪的意象里还有与《圣经》、与圣洁的连接，那才是犹太根源，也是哀悼与慰藉一体两面得以融合的根基。

伽达默尔阐释《你可以》一诗时，曾追问雪意味着什么，他的答案是无法回答。但这不妨碍他仍有自己的解读，他同样把雪看为结晶，最后总结说："最轻的析出结晶。最小，最轻，也同是最精确的：真言。"[2]"真言"当然也就是见证。

策兰那首著名的《带一把可变的钥匙》，揭示了自己写作诗歌的奥秘，也是他的艺术宣言。

---

① 米歇尔·德吉《圣歌》，尉光吉译，雅克·德里达等《最后的言者：为了保罗·策兰》，上海文艺出版社，2023年6月版，第230页。

② 伽达默尔《谁是我，谁是你》，陈早译，上海文艺出版社，2022年11月版，第14页。

带一把可变的钥匙
你打开家，那里面
飘着寂静之物的雪花。[1]

他的诗句便是寂静的“雪花”，这里面，我相信“雪花”的意象融合了对大屠杀遇难者的哀悼、对犹太民族精神特质的追寻，还有从死亡的抒写里得到的心灵慰藉。

你变换钥匙变换词，
它能随雪花飞舞。
随着那纵然拒绝你的风，
雪依旧绕着词堆成团。

策兰的诗就是这样被雪花飞舞围绕，包括词语，都是雪堆成的雪团。这正是策兰诗歌的真相，在大屠杀的灭绝性死亡里，在化为灰烬与碎片的废墟世界，在丧失人性的时代，策兰借助“雪”的意象，从哀悼到安慰，悖论中仍然闪耀出诗人不屈的人性光华。

总而言之，无论是矿物的“水晶”，还是“呼吸的结晶”，乃至“雪”的意象，这些莹亮的“结晶”体，用来形容

---

① 保罗·策兰《保罗·策兰诗选》，孟明译，华东师范大学出版社，2010年9月版，第100页。

策兰诗歌的语言与内核，甚至策兰作为诗人的生命，都是恰如其分的。他诗歌的意象，就如这些结晶一般，有着眩惑又迷人的光泽，折射出诗人自己与大屠杀后人类的精神困境，并成为“不可取消的/见证”。阿兰·苏耶说：“策兰是无可争议的见证者，尽管在死亡中他仍被误解，但他向我们透露了我们古老的义务：铭记。”[①]

① 阿兰·苏耶《保罗·策兰：浩劫诗人》，胡耀辉译，雅克·德里达等《最后的言者：为了保罗·策兰》，上海文艺出版社，2023年6月版，第85页。

第四章

翻页打开你：传统根源

引言：我吃这书/和它所有的/荣耀

20世纪50年代，从家乡切尔诺维兹流亡至维也纳，再流亡至巴黎的保罗·策兰终于定居下来，他结识了法国女版画艺术家吉赛拉，两人很快从相恋到结婚，策兰在巴黎有了属于自己的家。某一天，策兰看到塞纳河边的书摊上有两个七枝烛台，当即买下其中一个带回家。对着这个烛台，策兰与妻子引发了许多联想：它是从哪儿来的？经历过什么样的生存故事？不信犹太教的人是否有权拥有这东西？那两个烛台是一模一样的，他买下那两个烛台当中的一个，这样分开它们适当吗？策兰心有不安，又特意返回书摊，将另一个烛台也买了下来。后来，他与妻子把其中一个放在巴黎的公寓，另一个则放在他们在诺曼底购置的农舍里。

这个故事记载于《保罗·策兰传》，作者费尔斯坦纳说，是策兰的妻子吉赛拉告诉他的。夫妻间的小事，经由当事人讲出，相信它是真实可信的。关键在于，其实这个故事并非小事。后来策兰与妻子之间有关七枝烛台的故事还在继续，1959年11月，策兰翻译的曼德尔施塔姆诗集出版，他在送给吉赛拉的书上，写下了这样一句献词："靠近我们的七枝烛台，靠近我们的七朵玫瑰。”[1]

七枝烛台是犹太教的圣物，源于《圣经》所说的金灯台。以色列人出埃及时，上帝在西奈山赐下律法，指示摩西为他建造帐幕，使他可以住在以色列人中间，金灯台就是帐幕所用的器具，《出埃及记》二十五章有制作金灯台的详细说明：“要用精金做一个灯台。灯台的座和干与杯、球、花，都要接连一块锤出来。灯台两旁要杈出六个枝子：这旁三个，那旁三个。”[2]灯台中间的主干加上两旁的六个枝子，共七个枝子，这就是七枝灯台的来历。七表示完全，在犹太传统中，中间这枝灯台代表安息日，其余六枝代表上帝创世的六日。

犹太历史文化传统中，七枝灯台既是犹太信仰的象征，也是犹太民族的象征。公元70年，罗马将军提图斯率军攻打耶路撒冷，拆毁城墙，焚毁圣殿，将圣殿里的器具劫掠一空。为纪念这次胜利，罗马帝国建造了凯旋门，上面的浮雕，最引人注目处，便是罗马士兵抬着七枝灯台凯旋的场景。从此犹太民族的命运以这个七枝灯台的形象，深深刻入犹太历史与记忆。差不多两千年后，1948年以色列重新建国，国徽上的图案，便是这个七枝灯台。

在策兰的诗里，玫瑰也代表犹太民族，“靠近我们的七枝烛台，靠近我们的七朵玫瑰”——策兰对妻子的这句表白，也

---

① 约翰·费尔斯坦纳《保罗·策兰传》，李尼译，江苏人民出版社，2009年7月版，第180页。

② 《出埃及记》25:31–32。

在表明他这个身处欧洲、已加入法国籍的犹太人对待犹太信仰与犹太民族的态度，那是割不断的关系。

对于自己的犹太人身份，以及与犹太信仰的关系，策兰曾于1969年9月到访期待已久的以色列，在耶路撒冷接受以色列广播电台采访时强调说："我想，也许可以说，我当然是犹太人。关于犹太人的一些问题，总跟这一望便知的事实脱不开关系。"[①]他还从信仰角度解释说："犹太意识也可说是一种灵命关注。"[②]第二年，也即自杀前不久，他在写给以色列《国土报》编辑格肖姆·舍肯的信中又这样说："对我来说，尤其是在一首诗里，犹太意识与其说是主题方面的考虑，有时候倒不如说是灵魂方面的考虑……并不是说我就没有表达过犹太意识这个主题：它也以诗歌形式出现，出现在我出版的每一本诗集里，我的诗暗示我的犹太教。"[③]

在策兰的理解里，犹太意识并不仅仅是身为犹太人，随着血统而存在的文化传统、思想观念与生活习俗，他有更深切的关注，也就是犹太信仰的灵命关注。从这里我们可以发现，策兰对犹太身份和犹太传统等的认同，有着内在的属灵含意，是非常深入的灵性与生命的连接。这也基本上解释了为何策兰对犹太人的那位上帝的态度，既是亵渎的，又是敬畏的；既是抱怨的，又是争辩的，类似于犹太人的先祖雅各与上帝的角力。

---

① 约翰·费尔斯坦纳《保罗·策兰传》，李尼译，江苏人民出版社，2009年7月版，第323页。

② 同上，第324页。

③ 同上，第341页。

费尔斯坦纳在《保罗·策兰传》里记载有这样一个细节[①]，1960年1月，策兰买了几本与犹太信仰有关的书籍，其中一本是克特·伍尔夫的《论犹太教》，策兰在书中空白处抄下了《圣经·利未记》22:31–32里的希伯来经文："你们要谨守遵行我的诫命。我是耶和华。你们不可亵渎我的圣名，我在以色列人中，却要被尊为圣。我是叫你们成圣的耶和华。"犹太人尤其敏感上帝的名，"不可妄称上帝的名"是"十诫"中的第三诫，在犹太人的信仰生活中，凡读到圣经里上帝的名字，他们一律用"主"代替，绝不发出上帝名字的读音，这成为禁戒。策兰不是严守教规的犹太教徒，但对待上帝的名，同样非常谨慎。他抄写这段《利未记》经文，碰到上帝的名（耶和华），都特意空开不写，插入小黑点作为标记，以示敬畏。费尔斯坦纳评论说："不可亵渎圣名，策兰这位诗人是照字面意思谨守教训的。"[②]

这里涉及《圣经》与犹太人，与犹太历史传统、精神特质的关系："犹太人凭借一种宗教而成为一个民族，而不是从一个民族变成一种宗教。"[③]宗教信仰的经典也即希伯来《圣经》对他们来说尤为重要，有学者总结说："希伯来《圣经》既是一本犹太人的'民族志'，也包含着他们对当下的理解、对未来的期待——弥赛亚精神。在此意义上，犹太人被称为

① 约翰·费尔斯坦纳《保罗·策兰传》，李尼译，江苏人民出版社，2009年7月版，第180页。

② 同上，第181页。

③ 哈罗德·布鲁姆《导言》，耶路沙米《纪念：犹太历史与犹太记忆》，黄薇译，上海人民出版社，2022年2月版，第12页。

‘书的子民’。一种族群意识和一本书的同构关系，这是犹太民族同世界上其他民族的最大差别。”[1]

犹太人因此被誉为“《圣经》的子民”“《圣经》的民族”，策兰当然也是这些“子民”中的一员，作为策兰的传记作者，费尔斯坦纳对此有相当深入的认识，他说：“《圣经》比别的任何东西都更广泛地渗透于策兰的诗——《圣经》里的人名、地名、意象、祭司、明显或隐蔽的暗喻、引述的希伯来文及希伯来语的妙用——尽管总带有讽刺性，总是与正统语法格格不入。”[2]确实，《圣经》是策兰诗歌的背景，也是他诗里表现出的犹太传统与精神特性的根源。

策兰对《圣经》烂熟于心，在诗歌创作中应用起来得心应手，这首先基于他对《圣经》的热爱，这种热爱，绝非熟读《圣经》那么简单。据说犹太人教导孩子学习《圣经》，要把蜂蜜涂在书页上，让孩子品尝，然后告诉他：《圣经》是甜的。奇妙的是，这种教育传统，本身也有《圣经》经文依据，《诗篇》称赞上帝的话语，说：“你的言语在我上膛何等甘美，在我口中比蜜更甜！”[3]

策兰肯定也觉得《圣经》是甜的，他有一首诗《现在》，写的就是自己要把《圣经》吃到肚子里去。

---

① 刘文瑾《现代性与犹太人的反思（译序）》，卡特琳娜·夏利尔《现代性与犹太思想家》，刘文瑾编译，上海人民出版社，2017年9月版，第11页。

② 约翰·费尔斯坦纳《引言》，《保罗·策兰传》，李尼译，江苏人民出版社，2009年7月版，第34页。

③ 《诗篇》119:103。

现在，当祷告者的膝垫燃烧，
我吃这书
和它所有的
荣耀。

显然，诗人的情感是火热的，跪着祷告的心何等迫切，使得膝垫都燃烧起来。诗人说“我吃这书”，书在犹太传统里特指《圣经》，也即上帝的话，《以西结书》记载，上帝吩咐以西结说：“人子啊，要吃我所赐给你的这书卷，充满你的肚腹。”以西结于是吃了，“口中觉得其甜如蜜。”[1]策兰吃了之后则看到了“所有的荣耀”，这里应该指上帝话语发出的所有的荣耀。也因此，《圣经》成了策兰诗歌思想内核的一部分，《圣经》里的母题、典故、意象、比喻、人物、姓名、词语、句子，甚至数字等，构成了策兰诗歌的主题或语汇，是他诗歌的肌理，也是血脉与生命。

毋庸置疑，以《圣经》为根源的犹太传统对策兰诗歌的影响是显而易见的，也是至关重要的，如果我们从这个角度去分析策兰诗歌，许多问题将迎刃而解。当然了，也会有学者对此表示怀疑，他们认为，过度强调策兰诗歌的《圣经》背景与犹太传统，将会局限策兰，削弱策兰诗歌的意义。在他们看来，《圣经》与犹太传统仅仅是犹太民族的信仰典籍与精神特质，而策兰应该是属于全世界的。费尔斯坦纳在《保罗·策兰传》

---

① 《以西结书》3:3。

里曾说到过两件事，很有代表性。一次，他参加法国的一个讨论会，“演讲刚刚结束，一位杰出的学者就警告我，说不要‘过分犹太化’策兰。”另有一次，费尔斯坦纳发现，有一位德国学者，特意在策兰使用过的希伯来《圣经》里夹了张纸条，写下他的疑问：“重要吗？”[①]

不知这些学者是否以为突出了策兰诗歌的《圣经》影响与犹太传统特性，便是把策兰给“犹太化”，也即民族化了，多少失去了普世性的价值。其实不然，一方面，策兰诗歌受到《圣经》与犹太传统的影响是客观存在的，越到晚期，策兰向传统的回归越加明显，这是不争的事实，采用回避的方法并非明智，且也对理解策兰诗歌设置了障碍。只有充分考虑到策兰身上的《圣经》影响与犹太传统，才能正确找到进入策兰诗歌的通道，打开密封的词义，显露其隐匿的内涵。

另一方面，我倒觉得，恰恰因为策兰诗歌的《圣经》影响，使得他在直面大屠杀时，不是局限在现实和局部，反而提供了更抽象的视野和人类叙事的可能性，使得策兰诗歌有着形而上的追寻，以及面向人类和人性的深层思考。犹太传统与精神特质也是如此。这须换个角度来思考，比如《圣经》说犹太人是被上帝拣选的，其实它的意思并非犹太人可以独占神恩，乃是意味着犹太人存在的意义不只是向着本民族，而是向着世

① 约翰·费尔斯坦纳《引言》，《保罗·策兰传》，李尼译，江苏人民出版社，2009年7月版，第33页。

界万族万邦的，所谓“祭司的国度”“圣洁的国民”[1]，即活出一个普世性的价值来。诚如著名犹太学者施特劳斯指出的：“如果犹太人在一定意义上是被拣选的，那么犹太问题就是人类问题，即社会或政治问题最显著的象征。”[2]纳粹大屠杀幸存者、“见证文学”最具影响力的作家威塞尔，从人性角度给出了另一个答案：“他（犹太人）的使命决不是令世界充满犹太性，而不如说是，令他更具人性。”[3]从这个意义来说，《圣经》关注的是人类普世性的问题，犹太传统和精神特质则关乎人性问题。所以，有学者总结说：“有关犹太人的思考，也是有关人性的思考，是有关人性的至高可能性的思考。”[4]这便是策兰诗歌所蕴含的《圣经》背景与犹太传统具有的真正意义。

还有，从文化渊源来说，《圣经》也是西方文化的源头之一，阿兰·苏耶曾高度评价说：“多亏了策兰，《圣经》的记忆才被允许进入这个曾一直否认它，或至少忽略它的宇宙。这被遗忘的指涉，这被禁止的身份，最终在此文学中找到了自己的位置。西方思想和记忆的希伯来源头不再被拒绝，不再得不

---

① 《出埃及记》19:6。

② 见哈罗德·布鲁姆《导言》，耶路沙米《纪念：犹太历史与犹太记忆》，黄薇译，上海人民出版社，2022年2月版，第2页。

③ 威塞尔《一个犹太人在今天》，陈东飚译，作家出版社，1998年7月版，第26页。

④ 刘文瑾《现代性与犹太人的反思（译序）》，卡特琳娜·夏利尔《现代性与犹太思想家》，刘文瑾编译，上海人民出版社，2017年9月版，第18页。

到表达。于是乎，它的存在，它的丰饶，都无法被否定。浩劫民族的记忆得以重新发现和创立，就在试图抹杀这一记忆的文化之中心。”①

当然，也有学者指出，策兰的犹太人身份与诗里的犹太性跟他遭遇大屠杀有密切关系，大屠杀激发了他对犹太身份的认同，以及犹太性的表达。阿尔贝·霍桑德尔·弗里德兰德说：“在许多方面，保罗·策兰都是一位犹太诗人。他的命运是犹太式的；在集中营，他的父母被屠杀，他的六百万亲人死去。”②恩佐·特拉维索则进一步指出：“策兰的犹太性是由种族灭绝引发的，它被建构为一种对丧失的痛苦且创伤性的感知。”③我觉得这个视角非常有意思，但并不等于说，因此我们可以忽略或轻视策兰诗歌的犹太传统，特别是与《圣经》，以及犹太信仰之间的关联。这些关联，构成了策兰诗歌的背景与根源，是我们阅读策兰诗歌，理解其深层含意的基础。

我们不妨从策兰晚期与友人的交往中去观察这方面的真实境况。1965年，策兰与早年在切尔诺维兹的女友伊拉娜·舒梅丽重逢，两人开始长达数年的通信，直到策兰自杀前，舒

① 阿兰·苏耶《保罗·策兰：浩劫诗人》，胡耀辉译，雅克·德里达等《最后的言者：为了保罗·策兰》，上海文艺出版社，2023年6月版，第83页。

② 阿尔贝·霍桑德尔·弗里德兰德《保罗·策兰》，马豆豆译，雅克·德里达等《最后的言者：为了保罗·策兰》，上海文艺出版社，2023年6月版，第54页。

③ 恩佐·特拉维索《保罗·策兰与毁灭的诗学》，尉光吉译，雅克·德里达等《最后的言者：为了保罗·策兰》，上海文艺出版社，2023年6月版，第40页。

梅丽还去巴黎看望过策兰，他们通信和谈论的内容，“重点是历史、对话、以色列和犹太性”，“它们构成了一份正确理解策兰作品最终部分（所谓‘以色列’部分）不可或缺的文献。”[①]舒梅丽在后来的访谈中说：“犹太性深深吸引了他”，“策兰从不加入任何潮流。相反，他愈发狂热地试图破译的，是犹太人的他异性问题：在世界上，穿过许多世纪，在上帝面前。”[②]我相信舒梅丽的感受是真实的，她写过一首悼念策兰的诗，题目就叫《保罗·策兰》。

我也一样我把你的歌散入虚无

从我说话结巴的舌头底下的砾石
到你朝我伸出的杏木拐杖

凝固我步伐的节奏。[③]

策兰把自己的诗看作是向着“虚无”的见证，这个“虚无”当然也指向“更高的存在”，舒梅丽承接了策兰的重要意

---

① 伊拉娜·舒梅丽、洛朗·科昂《关于保罗·策兰的访谈》，张博译，雅克·德里达等《最后的言者：为了保罗·策兰》，上海文艺出版社，2023年6月版，第309页。

② 同上，第315–316页。

③ 伊拉娜·舒梅丽《保罗·策兰》，张博译，雅克·德里达等《最后的言者：为了保罗·策兰》，上海文艺出版社，2023年6月版，第13页。

象，“结巴的舌头”“砾石”等词语都来自策兰诗歌。面对大屠杀后充满灰烬与破碎的世界，策兰无法言说，又不得不言说，他的说话变得结结巴巴，所以他说：“声音，充满喉咙，在碎石里”（《声音》）。“杏木拐杖”来自《圣经》典故，出埃及漂流旷野，以色列人不服摩西与亚伦的权柄，上帝使得亚伦的杖一夜间发了芽，开了花，结了熟杏。杏木拐杖代表上帝的拣选，也代表上帝的权能与同在，策兰在悼念母亲的诗里写过：“神是不是还带着他的开花手杖/在山坡上时而攀登，时而消隐？”（《墓侧》）舒梅丽以策兰朝她伸出杏木拐杖来暗喻策兰身上的犹太性，以及他诗作的《圣经》背景。仿佛是两个人的暗语，他们对上了暗号，然后，所有的诗句便豁然开朗。

这确是策兰生命与诗作的奥秘，甚至带着预言色彩。非常有意思——或者说寓意深长的是，策兰公开发表的第一首诗《死亡赋格》，引用《圣经·雅歌》里的美丽少女书拉密作为犹太民族的象征，灰烬头发的书拉密，是对大屠杀最犀利而哀痛的揭示，开启了策兰一生面向死亡与灰烬的写作。而策兰自杀前写下的最后一首诗《种葡萄者》，以犹太律法和传统中最重要的安息日来结尾：

敞开者在他们的眼睛后
带来石头
它认出了你
在安息日。

这实在难以思议，似乎他诗歌创作的开始与结束都跟《圣经》与犹太传统有着宿命般的连接，他的诗即预告了他生命的进程。费尔斯坦纳评论说：“舒拉密（又译书拉密）这个出现在《雅歌》里的词，为他发表的第一首诗画上了句号，而策兰的最后一首诗‘安息日’也昭示了他的犹太人身份。”[①]如此说来，回到犹太身份和传统，回到《圣经》，又何尝不是策兰整个人生的句号呢？

拉结妈妈／别再哭泣

名字对犹太人来说有着特殊含意，它代表一个人的生命和本质属性，认识一个人的名等于认识他的生命实质。《圣经》记载，上帝特别看重人的名，他在西奈旷野呼召摩西时，对他说：“我按你的名认识你，你在我眼前也蒙了恩。”[②]《圣经》里的人名都非常有意思，常常代表某种性格类型，或人生境况，带有属灵含意，甚至成为某个民族历史传统和精神特质的表征。比如以色列与以东，以色列是上帝为雅各改的新名，意寓“与上帝角力”，这个含意成为雅各后裔也即以色列人与

① 约翰·费尔斯坦纳《引言》，《保罗·策兰传》，李尼译，江苏人民出版社，2009年7月版，第34页。

② 《出埃及记》33:12。

上帝的特殊关系，以及民族性格的形象概括。雅各的兄弟以扫，因贪恋一碗红豆汤，卖了长子名分，被称为“以东”，以东就是红的意思，这个名字也成为以扫后裔即以东民族的精神特征，意思是看重物质，随从肉体行事，最后终究灭亡。

由此可见，《圣经》里的人名体现着《圣经》人物的特性，是相当具有典型性的，就好像心理学里所说的原型，折射出人类本能行为的模式，构成一种集体无意识的原始意象，荣格说：“每一个意象中都凝聚着一些人类心理和人类命运的因素，渗透着我们祖先历史中大致按照同样的方式无数次重复产生的欢乐与悲伤的残留物。”[1]策兰深谙《圣经》人物和名字的意义，他诗里出现的来自《圣经》的人名，所指涉的人类集体无意识的深层内核，既有犹太历史文化的深切感受，又触碰到人类共同的痛点，从而拥有与人类命运共呼吸的生命体验。

策兰诗里较早出现的《圣经》重要人物和名字，并非《死亡赋格》里的书拉密。《死亡赋格》是他第一首公开发表的诗作，在此之前，策兰已创作有数十首作品，那个名字现身于悼念母亲的《黑色雪片》，对身为犹太人的策兰来说，确实意义非凡。

记住，这里也是冬天，千百次
在这有着最壮阔的激流奔涌的土地上：

---

① 荣格《论分析心理学与诗的关系》，叶舒宪选编《神话—原型批评》，陕西师范大学出版社，1987年7月版，第100页。

雅各神圣的血，被斧头祝佑……

在乌克兰的大雪里，诗人收到母亲来信，告知他父亲已死于集中营。诗人眼里的雪是黑色的，但诗人所处的世界，却被红色的血充满。这里出现了雅各的名字，他是以色列先祖，十二支派从他而出，“雅各神圣的血”即以雅各指代整个以色列族群，这个族群因与上帝立约，是神圣的民，但他们一直被杀戮，流血，“被斧头祝佑”有反讽意味，本来以色列人是被上帝祝福保佑的，但现在却遭遇斧头的砍杀。就这么一节诗句，把犹太人的民族性、信仰、历史与悲剧极为浓缩地展示出来。

接下来是哥萨克屠杀犹太人的场景，连太阳都变成黑色，然后，父亲的死讯传来：“你父亲的骨灰，马蹄踢出 / 雪松之歌……”父亲的骨灰被践踏，多么令人心碎的惨景。《雪松之歌》是犹太歌谣，寄托着流散世界各地的犹太人对失去的家园的向往。犹太传统被策兰巧妙地镶嵌在诗句里，使得这首悼亡诗具有深广的历史文化背景，也从而使得策兰个人的悼亡之诗，变成了犹太民族的哀歌。

《死亡赋格》是策兰影响最大的诗作，其中最震撼的画面，莫过于将德意志民族的象征“金色头发玛格丽特”与犹太民族的象征“灰烬头发苏拉米斯”并列在一起。苏拉米斯（又译书拉密）是《圣经·雅歌》里的女主人公，秀美异常。在这个名字上面，凝聚着犹太民族的美与爱，还有跟上帝的盟约关系。甚至我们可以这样说，这位灰烬头发的美少女，就是大屠杀中遇难的六百万犹太人，六百万人的生命集于一身，没有谁比《圣经》里的这位“美人”、这位上帝眼中的“佳偶”更合适，也更具悲剧力量的了。这正是为何策兰在诗里看起来简单地使用了一个人名，却如此震慑人心的原因。

写作《死亡赋格》时，策兰的人生也在流亡途中，虽然第二次世界大战已经结束，策兰却无法在家乡待下去，他从切尔诺维兹漂流到布加勒斯特，再到维也纳。他遇见了英格褒·巴赫曼，两人陷入恋情。也许是自身漂泊的命运触发了埋藏于内心的犹太人的流亡宿命，策兰写下了《在埃及》，将它送给巴赫曼。

《在埃及》引人注目之处，出现了三个人名，都是犹太女子，也都是《圣经》人物，策兰对巴赫曼说：“你要把她们从水中唤出来：路得！拿俄米！米利暗！”[1]路得和拿俄米出自《路得记》，拿俄米本是犹大伯利恒人，因遭遇饥荒，全家逃荒到摩押地，拿俄米的丈夫和两个儿子都死了，剩下她与路得两个寡妇。路得是摩押女子，却执意跟着婆婆回到伯利恒，后来成为大卫王的曾祖母。米利暗是摩西的姐姐，也是出埃及故事里著名的女先知，她曾在以色列人过红海后，带领妇女们拿鼓跳舞，唱歌颂赞上帝：“你们要歌颂耶和华，因他大大战胜，将马和骑马的投在海中。”[2]

---

① 保罗·策兰《保罗·策兰诗选》，孟明译，华东师范大学出版社，2010年9月版，第67页。

② 《出埃及记》15:20–21。

诗中来自《圣经》的这三位女子，都代表着经历流亡命运、终至走向归乡之途的以色列人。这也是策兰的流亡之痛，他精神和灵魂的漂泊之痛，是他无所归依之命运的形象写照。

你要用异乡女子的云鬟去妆扮她们。
你要对路得、米利暗和拿俄米说：
瞧，我跟她睡觉！
你要把身边的异乡女子打扮得最漂亮。
你要用路得、米利暗和拿俄米的痛苦去给她梳妆。

自始至终，策兰把巴赫曼这个异乡女子与《圣经》里的犹太女子放在一起，这也揭示了策兰内心的纠结，哪怕他有多渴望，从水中唤出与他同命运的犹太女子，她们都走向了归回之路，而他却这辈子可能都要一直生活在异乡人中间了。

出埃及具有双重含意，寄居埃及为奴，漂泊异乡，那是世世代代流亡和被欺辱的命运，是无根的被人弃绝的痛苦，这种境况预表了后来犹太人失去家国，流散世界各国的惨痛历史，此为一。二是摆脱奴役，走向自由，成为上帝的子民。策兰《在埃及》的含意也是双重的，一方面，策兰处于“在埃及”这样的异乡境遇中，他似乎预感到自己漂泊一生的命运，犹如犹太人数千年来的宿命，他的诗带上了耶利米的哀歌色调。对策兰来说，没有真正的故乡，他会永远“在埃及”，永远在流亡。

另一方面，不能不说，策兰又透露出还乡的渴望，他与异乡女子在一起时，忘不了他同族的犹太女子，那些构成犹太历史、犹太记忆的女性。或者说，在策兰的内心，那些女子是他精神与情感的来源和倚靠，与他血肉相连，她们如同犹太民族鲜活而隐秘的载体，美丽无比，在他日后的诗歌里，以“姐妹”或“姐姐”的面貌一再出现，他渴望看见她们，回到她们那里。

策兰诗里另一个印象深刻的《圣经》人物也是女子，犹太母亲的代表，她就是“拉结妈妈”。拉结是雅各的妻子，也是约瑟和便雅悯的母亲，在雅各带领全家从巴旦亚兰回到迦南地时，拉结途中难产而死，葬于伯利恒。犹太人视拉结为以色列族群得以繁衍的重要人物，常用她来祝福新妇。《路得记》记载，路得嫁给波阿斯时，“在城门坐着的众民和长老都说：‘我们作见证。愿耶和华使进你家的这女子，像建立以色列家的拉结、利亚二人一样。’”[①]从此，拉结成为以色列母亲与祝福的代名词。

但到了巴比伦毁灭耶路撒冷时，耶利米先知面对国破家亡的惨景，将拉结塑造成一个为以色列哀哭的母亲形象：“耶和华如此说：‘在拉玛听见号啕痛哭的声音，是拉结哭她儿女，不肯受安慰，因为他们都不在了。’”[②]这是非常惨痛的画面，耶利米的诗句仿佛超越了时间，让一千多年前的拉结，为她后裔遭受的被掳掠与流亡的痛苦命运而哀哭。策兰的诗也是如此：

---

① 《路得记》4:11。

② 《耶利米书》31:15。

近了，在主动脉弓里，

在亮血里：

是那亮字。

拉结妈妈

别再哭泣。

现在都已带走了

所有的哭泣。[①]

当然，策兰是反其意而用之，这首诗充满了策兰少见的欢乐情绪。据费尔斯坦纳解释，策兰是在住院接受精神疾病治疗时，读到人体生理手册，联想到肖勒姆论述上帝驻在的文章。在犹太传统里，拉结被认为是造成上帝驻在的人物，无论以色列人在哪里受苦，她都会哭泣，并恳求上帝的怜悯。现在，“拉结妈妈/别再哭泣”。犹太人的命运被翻转了，正如《耶利米书》接下去说的：“耶和华说：‘你末后必有指望；你的儿女必回到自己的境界。”[②]策兰也在诗的结尾发出了欢呼：

但是，在冠状动脉里，

已经破解，

齐夫，那道光。

---

① 此诗为李尼所译，见约翰·费尔斯坦纳《保罗·策兰传》，李尼译，江苏人民出版社，2009年7月版，第285–286页。

② 《耶利米书》31:17。

“齐夫”意思是上帝驻在的光，与诗歌末尾的“那道光”形成呼应。这是李尼的翻译，杨子把最后一段译为：“无声无息，在冠状动脉里，/解放了：/Ziv，那光。”[①]他采用费尔斯坦纳的说法，认为“Ziv”这个词源于一个民族的流放经验，不必硬译。李尼则是音译。我觉得两者都可行，但也都难以达到理想状态。毕竟，策兰诗歌的一些词语是他自己的独创，极难翻译。

这首诗是策兰中晚期思想的重要标记，也是个人生活与犹太人苦难历史相契合的见证。整首诗的关键，在于使用了拉结这个《圣经》里的人物名字和相应的经文，所有的犹太历史便应声而出，包括犹太人国破家亡流散世界各地的哀痛与回归的安慰，更有属灵的神学维度，最终仍指向那位“更高的存在”的临在与光照。这就是策兰诗歌使用《圣经》里的人名带来的非同寻常的意义。

喊出示播列，对/进入你家乡的异邦人

《圣经》作为策兰诗歌的背景，除了使用一些特别有代表性的人物与名字外，策兰还会引用《圣经》典故，来浓缩地表达复杂的题旨，扩展其诗句的内涵。因着《圣经》的经典地位

① 保罗·策兰《我听见斧头开花了：保罗·策兰诗选》，杨子译，北京联合出版公司，2021年8月版，第257页。

和属灵意义，《圣经》里的典故含意深刻丰富，远超一些词语或者意象的功能，给诗作带来意想不到的效果。这方面最有代表性的当是策兰的名诗《示播列》。

“示播列”意为口令或暗语，这个著名的典故出自《圣经·士师记》，士师耶弗他率领基列人打败以法莲人，“基列人把守约旦河的渡口，不容以法莲人过去。以法莲逃走的人若说：‘容我过去。’基列人就问他说：‘你是以法莲人不是？’他若说：‘不是’，就对他说：‘你说“示播列”。’以法莲人因为咬不真字音，便说‘西播列’。基列人就将他拿住，杀在约旦河的渡口。那时以法莲人被杀的有四万二千人。”[1]这个典故意思很清楚，基列人用口音来分辨谁是敌人，一旦有咬不准“示播列”这个词的，便要拿住杀死。口音成了生死的判决，也成了敌人还是朋友的分界线。

连同我的石头，
哭声增大者
在监栏的后面。

策兰《示播列》的开头，首先把我们带入的，不是古代的以色列、战场和杀戮，却是现代世界的监狱。然后，诗人写道：“他们把我拖拽到/市场中央，/那里/我不曾向它宣誓的/旗帜飘扬。”诗人是在异乡他国，遭受着敌对势力的迫

① 《士师记》12:5–6。

害，这很容易让人联想起欧洲的反犹历史，策兰始终感觉自己生活在人们对犹太人的仇视里，包括他亲身经历的“戈尔事件”，他被无端诽谤剽窃了戈尔的诗作，身心遭受极大伤害，甚至造成了精神创伤。所以，这开头的几句，也不妨看作他心理的真实写照，好像他被示众，被看为异类，遭到鄙视与围攻。

德里达说：“策兰自己就是个移民，并在他诗歌的主题中标记了跨越边界的运动，比如《示播列》一诗。”[①]德里达把犹太人的这种命运归结为希特勒的压迫：“这些迁移、这些流亡、这些放逐是我们时代的痛苦移居的范式，而策兰的作品，一如他的生命，显然承载着其全部的标记。”[②]我认为这是《示播列》的第一层意思，策兰从“示播列”这个关乎性命的口令中，感受到了自己的异乡人身份，尤其是犹太人身份。在这里，“示播列”几乎就是犹太人灾难性命运的记号，他们不被认同，不得通行，被隔绝在死亡里。

但《示播列》显然不仅止于此，接下来人类的命运也加入了进来，“笛子，/夜的双重笛音：/记住这黑暗的/红色孪生子/维也纳和马德里。”这里提到的“红色孪生子”，当是指维也纳和马德里两个被摧毁的进步运动。

---

① 雅克·德里达、艾芙琳娜·格罗斯芒《语言，永不为人所有》，王立秋译，雅克·德里达等《最后的言者：为了保罗·策兰》，上海文艺出版社，2023年6月版，第131页。

② 同上。

心：
在这里暴露出你是什么，
这里，市场中央。
喊出示播列，对
进入你家乡的异邦人：
二月。*No Pasaran*。

“No Pasaran”意为“他们休想通过”，西班牙内战期间共和军抵抗法西斯军队的一句口号，这些事件都发生在二月。策兰采用双关语的手法，场景依旧在市场中央，“我”喊出了那句口令“示播列”，“我”在别的国家是异邦人，但对“我”的故乡而言，那些进入“我”故乡的才是异邦人。人类族群之间的割裂，政见之间的割裂，仇恨和杀戮就这样蔓延开来。很难说，《示播列》的主题到底是什么，因着太过复杂，要讨论的话题太多，德里达曾专门写有一篇长文《示播列：为了保罗·策兰》，从哲学与语言层面详细解读这首诗作。

有意思的是，策兰似乎意犹未尽，几年后，他又写了首诗《聚为一体》，重提“示播列”的话题。

二月十三日。示播列
在心口被唤醒。跟随你，
巴黎的
人民。*No Pasaran*

诗里再次出现了二月和“他们休想通过”，费尔斯坦纳认为，策兰“把所有的2月事件与‘他们休想通过’联系起来，使它们贴近策兰的心，这个口令就是在说，诗人不肯放弃诗中沉重和心酸的歧义”[①]。我觉得费尔斯坦纳切中了策兰的内心，无论策兰有多同情国际上的进步运动，战争与杀戮表现出的只能是人类的割裂，策兰对此有无限的伤痛，所以这首诗以德国作家毕希纳的名言作结：“给茅舍以和平！”

《聚为一体》也有译为《归于一》或《归一》，是各种势力，包括政治、军事力量的各自聚集争斗，以彼此的合一显出暴力或抗争的神圣，还是另有深意？为何策兰要重复写作“示播列”的故事？而从《示播列》到《聚为一体》，也即从非我族类，即被诛杀，到以和平的呼唤结尾，这里面有着怎样的关于犹太人和人类命运的思考？其实，如果我们深挖圣经里“示播列”这个典故的原始意义，便会发现，用“示播列”的口音来进行区分的所谓敌我，原本却是同胞兄弟。以法莲人与基列人同属以色列人，只不过支派不同而已，他们之间发生矛盾，也并非有什么了不得的仇恨。以色列人遭受亚扪人欺压，基列人挺身而出，在耶弗他的带领下击败亚扪人，以法莲人因未参与战事，心生不满，找基列人的麻烦，于是兄弟间爆发战争。这是同一民族同室操戈的悲剧，策兰使用这个典故，我相信，多少是在揭示二战期间彼此的残暴杀戮和战后全球依然冲突不

① 约翰·费尔斯坦纳《保罗·策兰传》，李尼译，江苏人民出版社，2009年7月版，第94页。

断的人类命运。

“示播列”是非常特殊的词语，或者说，为《圣经》独有。很多时候，策兰使用《圣经》典故，却是相当平常的词语，比如“戒指”或者“指环”，看起来很容易理解，实际上里面有更多的内涵，且与《圣经》典故有关。倘若我们不了解《圣经》背景，可能难以读懂诗里的意思。从《圣经》的启示和犹太传统来说，以色列是上帝的新妇，婚戒也代表上帝对以色列永不改变的爱与应许，哪怕以色列犯罪堕落，上帝仍遵守承诺。

从这个角度去看，许多诗句便迎刃而解，“手指，也被蜡化，/从那陌生的/痛苦的指环中拔出。/融向指尖。”这是《带着信与钟》里的句子，蜡化的手指当然指大屠杀遇难的犹太人，指环代表上帝与犹太人之间爱的盟约，策兰用“陌生的/痛苦的”来形容，哀伤之中也有对上帝缺席的质疑。还有《炼金术》，把焚尸炉冒出的烟圈比喻为灵魂的戒指：“所有名字，所有这些/和残余一起焚烧的/名字。如此多的/灰烬被祝佑。如此多的/地盘被赢回/在/轻之上，如此轻的/灵魂的/戒指。”《我身在何处》也有类似的画面：“巨大的光，/冒起火花，/向着戒指之右/和一切回归。”

策兰自己用诗句表白过“我从两个杯子喝酒”，意思是他身上既有犹太传统，也有欧洲基督教文明的影响，正因如此，他诗里出现的《圣经》典故，不光来自希伯来《圣经》（即《旧约》），还有来自《新约》的，最明显的是有关耶稣的内容。

雪在飘落，妈妈，大雪飘在乌克兰：
救主的荆冠缀满说不尽的悲痛。[①]

这是策兰的早期诗歌《冬》，把对母亲的哀悼与耶稣的受难联系在一起。以上所引用的是李尼的翻译，“救主的荆冠”出自《新约》福音书的多处记载，比如《约翰福音》：“当下彼拉多将耶稣鞭打了。兵丁用荆棘编做冠冕戴在他头上，给他穿上紫袍，又挨近他说：‘恭喜，犹太人的王啊！’他们就用手掌打他。”[②]

李尼按着《圣经》的经文内容，将第二句译为“救主的荆冠缀满说不尽的悲痛”，杨子译为“救世主的王冠是千万粒悲痛”，孟明则译为“救世主的光环是万千颗粒的愁苦”。无论是“荆冠”，还是“王冠”，或者“光环”，有时策兰的诗里也出现“花冠”“冠饰”这类词语，无不指向那位被钉死在十字架上的主。比如《炼金术》里的诗句，焚尸炉的烟像手指一样弥漫在空中，更像冠饰：“手指，烟缕一样。像冠饰，在空气中/绕着——”这一幕真是惊心动魄。最为惊骇的是《赞美诗》，诗的结尾，策兰将犹太人喻为玫瑰，且是虚无的“无人玫瑰”：“以/明亮灵魂的雌蕊，/荒废天国的雄蕊，/以紫

① 约翰·费尔斯坦纳《保罗·策兰传》，李尼译，江苏人民出版社，2009年7月版，第17页。

② 《约翰福音》19:1–3。

词染红/的花冠，我们所唱的/越过，啊越过/那刺。”又一次将犹太人的苦难与耶稣的受难连在一起，既有对比与反讽的成分，毕竟犹太人的苦难是与基督教世界分不开的，但也有重叠的部分，因为耶稣也是犹太人，突出了犹太人命运的悲剧性。

策兰诗里还有一个词“井”，也很值得探讨，井在《圣经》里有好几处典故，多与家园、产业有关，比如《撒母耳记》记载，大卫逃避扫罗追杀，藏身在山寨，非利士人占领了他的家乡伯利恒，“大卫渴想，说：‘甚愿有人将伯利恒城门旁、井里的水打来给我喝。”结果有三个勇士深入敌营，打了井水给大卫，大卫却不敢喝，“将水奠在耶和华面前。”[1]这里的井水，无疑代表家乡，是大卫对家乡的思念。策兰早期悼念母亲的诗《白杨树》，也以井作为家园的象征。

> 含雨的云，是你在井口的上方徘徊？
> 我的母亲在轻声哭，为每一个人。

含雨的云，井口，母亲，构成家乡熟悉的画面，温暖里带着悲伤，雨和泪水的对应关系，更加重了哀悼的气氛。还有一首《你变成这个模样》，也是对家乡的思念，“你”与井，与井水的关系，特别亲切动人，虽然这个“你”可能指死去的母亲，或者大屠杀遇难的犹太人，策兰仍让他们生活在美好的家

---

① 《撒母耳记下》23:15–16。

园，我们从中可以看出他内心的渴望，这个“井泉之国”，也未尝不是他所梦想的人生乐土，他精神所寻求和皈依的永恒家园。

你变成这个模样，
叫我如何还认得：
到处有你心跳，
在一个水井之乡，

这里没有一张嘴会喝水
见人有影无轮廓，
这里泉涌顿成镜花
而镜花又似水花。

你下所有的井，
你浮动于每一片光。
你想出这么个把戏，
好让人把你忘记。①

在这里，井和井水显然还有属灵含意，是一种祝福的泉源，异常美好。这很容易让我们联想起《圣经·创世记》里亚

① 保罗·策兰《保罗·策兰诗全集第二卷：罂粟与记忆》，孟明译，华东师范大学出版社，2017年8月版，第125页。

伯拉罕“盟誓的井”的典故，别是巴因此得名。还有，夏甲被撒拉苦待，带着儿子以实玛利离家出走，在旷野遇见一口救命的水井，原来是上帝在看顾她和孩子，并给孩子祝福。然后是以撒的故事，他的井被别的牧人填埋后，他不去相争，反而不停地去挖井，结果挖一口成一口，都是有水之井，上帝大大赐福憨厚而心胸开阔的以撒。至于雅各，他在逃亡到舅舅拉班家时，就在井边遇见了他最爱的拉结。我都觉得，以色列的几位先祖，从亚伯拉罕到以撒、雅各，他们祖孙三代和他们家里的故事，或多或少是围绕着水井展开的。

以色列人出埃及，漂流旷野四十年，上帝供应他们吗哪吃，也供应他们水喝，《民数记》记载以色列人在比珥，上帝赐给他们涌出水的水井，“当时，以色列人歌唱说：‘井啊，涌上水来！你们要向这井歌唱。’”[1]井和井水就是上帝的恩典和祝福，是他们的生命之源。策兰写到井或井水时，也自然在他的诗里回应《圣经》典故带出的属灵含意，他的《井边》一开头就说：“说，以这朽烂的关节，我怎能/打上来满罐的黑夜和富足？你的眼睛因充满怀念而出神；/高高的青草被我的脚步烧焦。”[2]井水变成“黑夜和富足”，被策兰赋予了某种深意，那是诗人与“你”的秘密，双方的思念何等强烈，一个目光迷茫，一个脚步把青草烧焦，但他们仍然被水充满，

---

① 《民数记》21:17。

② 保罗·策兰《保罗·策兰诗全集第二卷：罂粟与记忆》，孟明译，华东师范大学出版社，2017年8月版，第179页。

“尽管水对你我都会变暗，/还是照一照吧——水中变幻的是什么？”他们都回到了井水前。

策兰晚期还写有一首诗《风中的掘井者》，把井与故园，与以色列十二支派联系在一起，大屠杀的背景使得属灵的含意发生逆转，从祝福变成了灾难。

这一年
不呼啸而过，
它掷回到十二月，十一月，
它翻掘自己的创伤，
它向你打开，年轻的
坟墓般的
井
十二个张开的嘴。

“井”与“十二个张开的嘴”带来触目惊心的景象，虽然与《圣经》里有关井的典故所蕴含的意义不同，甚至相反，可这同样是策兰在《圣经》背景下的写作，如果我们了解这个背景的存在，反而会更加体会到诗句里的张力，确是震慑人心的。

策兰诗里使用的《圣经》典故还有很多，像诺亚方舟、大洪水、巴别塔、陶罐、拐杖、柳树等，这里就不一一列举了。很有意思的是，策兰诗里出现的数字，大多也有《圣经》背景，来自《圣经》典故，比如，他特别喜欢“七”这个数字："七个夜晚更高了红色朝向红色，/七颗心脏更深了手在敲击大门，/七朵玫瑰更迟了夜晚泼溅着泉水。"（《水晶》）"那里是词，未死的词，坠入：/我额头后面的天国之峡谷，/走过去，被唾沫和废物引领，/那伴随我生活的七支星花。"（《那里是词》）"家里/有七朵玫瑰。/家里/有七连灯台。"（《狼豆》）[①]。"七小时的夜，七年的独醒：/搬弄斧子，/你躺在坐起来的尸体的影子里"（《弄斧》）[②]。在犹太传统里，七代表完全、完美，因为上帝创造用了七天，"天地万物都造齐了。到第七日，神造物的工已经完毕，就在第七日歇了他一切的工，安息了。"[③]

还有数字"十二"，策兰也频频使用："我与你说起愈来愈亮的黎明，/我十二次对你说起你言辞的夜晚"（《火印》），"你被你自己的梦顶醒。/以开槽的词痕/十二次/螺旋形进入/它的犄角。"（《你的梦》）"美，被虚无罩上面纱，/抛向它们，这/思想的阴影，/在里面，不可移动，/折叠起来，甚至今天，/十二座山，十二座额头。"（《来自拳头》）"子夜的射手，在早晨/穿过叛逆和腐烂的骨髓/追逐着十二颂歌。"（《可以看见》）等等，为什么总是"十二"？《圣经》的含意是，"十二"代表上帝的拣选，代

---

① 保罗·策兰《保罗·策兰诗选》，孟明译，华东师范大学出版社，2010年9月版，第494–495页。

② 保罗·策兰《保罗·策兰诗全集第三卷：从门槛到门槛》，孟明译，华东师范大学出版社，2022年9月版，第101页。

③ 《创世记》2:1–2。

表以色列，雅各十二个儿子，以色列十二个支派，所以大祭司穿的以弗得胸牌上有十二块宝石，“这些宝石都要按着以色列十二个儿子的名字，仿佛刻图书，刻十二个支派的名字。”[①]因而，“十二”也是完全的意思。

除此之外，别的《圣经》典故还有很多，策兰诗歌的难懂，有时候是因他的遣词造句，有时候则因他对词语有意省略、跳跃、断裂造成的障碍，还有时候，却是他使用《圣经》典故的结果，如果不知道这些典故的来由和里面的意思，很难准确理解他的诗句。所以，阅读策兰诗歌，我们有了对《圣经》和犹太历史文化传统的了解，那么，策兰诗里的一些密语也就基本上可以掌握了，而不至于如坠云里雾里。《圣经》背景与犹太传统，确是解开策兰“密封诗”的一把钥匙。

心灵被无花果喂养，/思想回到那一刻

《圣经》将以色列喻为橄榄树、无花果树、葡萄树，这几种植物不光是迦南地的特产，与以色列人的生活关系重大，更有属灵含意。策兰承接了圣经的思想，把橄榄树、无花果树、葡萄树视为犹太人的象征，也是犹太历史传统与根源的载体。我们先来看橄榄树。

---

① 《出埃及记》28:21。

等到火焰重新燃起，流浪的橄榄树啊，
我们是否可以光明磊落爬到你枝上？
而你的一树嫩枝，甜美而充满感觉，
将和我们一起，在那盛大的火中挺立？[①]

这是策兰的《橄榄树》，我们对照一下《圣经》说的橄榄树，其含意便会一目了然。《诗篇》有诗云："至于我，就像神殿中的青橄榄树；我永永远远倚靠神的慈爱。"[②]上帝殿中的青橄榄树无疑就是犹太人。在策兰的笔下，这是一棵流浪的橄榄树，可见其命运的坎坷。但终有一天，这棵橄榄树将老树发新芽，获得新生，并且是在盛大的火中屹立，彰显其荣耀。有学者认为策兰的这段诗句取意于《新约》的《罗马书》，保罗论及犹太人与外邦人的关系，外邦信徒是野橄榄，而犹太人是好橄榄的本树，得着橄榄根的肥汁："你就不可向旧枝子夸口；若是夸口，当知道不是你托着根，乃是根托着你。"[③]

我们再来看无花果树，《记忆》是策兰悼念父母之作，透过无花果这个意象，他把父母的死与犹太民族联结在一起。

心灵被无花果喂养，
思想回到那一刻

---

① 保罗·策兰《保罗·策兰诗全集第二卷：罂粟与记忆》，孟明译，华东师范大学出版社，2017年8月版，第193页。

② 《诗篇》52:8。

③ 《罗马书》11:18。

在死者的杏仁眼上。
喂养，被无花果。

我们知道无花果指的是以色列，是犹太传统和犹太精神特性的象征，《圣经》说到以色列，常用无花果来比喻。“心灵被无花果喂养”说的既是策兰父母，也包括策兰自己。因为策兰的父母非常敬虔，他们一直谨守犹太教的教规，活在犹太传统中。至于策兰，他虽不守犹太教规，但犹太意识总是交织在他所写的所有东西里面，所以他的心灵也是被无花果，即犹太精神传统喂养的。

策兰写过几首分量很重的有关葡萄树的诗作，也颇为难解，早期的《收葡萄者》是最有名的一首。

他们收获自己眼里的酒，
他们榨取所有的哭泣，这也：
出自夜的意志……

收葡萄者是谁？收葡萄酿酒有什么寓意？这是我们需要解决的问题。在解决这些问题之前，我们同样需要先来了解《圣经》有关葡萄树和葡萄的经文，《诗篇》第八十篇写：“你从埃及挪出一棵葡萄树，赶出外邦人，把这树栽上。你在这树根前预备了地方，它就深深扎根，爬满了地。”这个“你”是上帝，上帝栽种的葡萄树，就是以色列。《以赛亚书》《耶利米书》里，先知们也一再强调，以色列是上帝栽种的葡萄树。从这个比喻去看，策兰诗里收葡萄者与葡萄之间有着类似的关系，收获葡萄，等于收获自己眼里的酒，那么，这些收葡萄者显然也就是葡萄，即以色列人。

那么，葡萄与酒的关系，《圣经》又是如何言说的呢？非常特别，《圣经》把酿酒过程看为审判，在酒榨里踹葡萄是《圣经》一再出现的比喻，既有对外邦人，也有对以色列人。比如《耶利米哀歌》这样说："主将犹大居民踹下，像在酒榨中一样。"[①]当然，上帝对以色列的烈怒终会止息，他的恩慈才是永不改变的："耶和华说：'日子将到，耕种的必接续收割的；踹葡萄的必接续撒种的；大山要滴下甜酒；小山都必流奶。我必使我民以色列被掳的归回；他们必重修荒废的城邑居住，栽种葡萄园，喝其中所出的酒，修造果木园，吃其中的果子。'"[②]这也是上帝应许给以色列人的美好结局，上帝所栽种的葡萄树，会遭受患难，会被拔出，但最后上帝必栽种回去，那时，葡萄所酿的甜酒是最美的。

以上就是《圣经》有关葡萄树与葡萄的主要经文，构成了我们理解策兰这首《收葡萄者》的背景，虽然诗里仍有许多难解的词语，我们无法全部解开，但大致的意思还是可以明白的。策兰通过收葡萄者与葡萄之间的关系，写出了犹太人的悲惨命运，他们遭受逼迫的历史，这里面也有上帝的审判，或者说，在策兰看来，犹太人的惨剧，上帝是负有责任的，这也是

---

① 《耶利米哀歌》1:15。

② 《阿摩司书》9:13–14。

他要像约伯一样向上帝争辩的理由。

> 他们收获，他们榨取着酒，
> 他们压榨时间如压榨他们的眼睛，
> 他们窖藏哭泣渗出的酒……

这真是犹太人的哀歌，里面的感情异常复杂，景象也非常壮阔。“天堂下降于蜡封的海，/而反光从远处，像蜡烛的尽头，/当嘴唇最终变得湿润。”这是诗的结尾，依然迷雾重重，费尔斯坦纳将其解读为安息日的结束仪式，“此时，人们往往将蜡烛浸泡在酒里以象征丰产。……创世结束了，安息是要等待救赎。策兰的抒情诗，伴随着水面上的点点微光，在开始处结束了。”[①]

愈到晚期，策兰的犹太意识愈加强烈，他接连写下两首有关葡萄的诗作。“葡萄园的围墙起了风暴/在永恒的骚动中，/葡萄们/反叛着”（《葡萄园的围墙》），葡萄园指以色列，这是显而易见的，《圣经》也有明确的经文：“万军之耶和华的葡萄园就是以色列家；他所喜爱的树就是犹大人。”[②]而且，以色列这个葡萄园的篱笆、墙垣都是上帝建造的，现在“葡萄园的围墙起了风暴”，是上帝因着犹太人的悖逆而撤去

---

① 约翰·费尔斯坦纳《保罗·策兰传》，李尼译，江苏人民出版社，2009年7月版，第104页。

② 《以赛亚书》5:7。

了庇护，还是犹太人对上帝的反叛？答案是：“五种谷物/分蘖于四季，//它们潜入。”外部力量破坏了葡萄园，也破坏了葡萄与围墙的关系，这里面的悲剧性话题很值得深思。

《种葡萄者》是策兰生前写下的最后一首诗，与早期的《收葡萄者》形成对应。犹太人的命运，犹太人与上帝的关系、与世界的关系，再次成为策兰关注的重点；或者说，成为他告别人世前最后的凝视，这实在是意味深长。

种葡萄人挖着
黑暗时辰的钟
深又深……

诗的开篇凝重而幽深，“黑暗时辰的钟”比较容易理解，当指黑暗的历史，这段历史“深又深”。那么，“种葡萄人”是谁？也是以色列人吗？从《圣经》背景来说，也可以是指上帝。随后出现了“不可见者”，“不可见者/从他们的边界里/招引着风”，我觉得那才是上帝的指称，如此一来，种葡萄者显然与《收葡萄者》一诗里的“收葡萄者”一样，指的也是多灾多难的犹太人了。费尔斯坦纳也这样认为，是遭受大屠杀的犹太人“一直挖到那场灾难爆发的黑暗时辰”[①]，至于那些敞开者，我觉得应该也就是大屠杀的死难者，在策兰的诗里，

① 约翰·费尔斯坦纳《保罗·策兰传》，李尼译，江苏人民出版社，2009年7月版，第346页。

他们总与石头在一起。

敞开者在他们的眼睛后
带来石头
它认出了你
在安息日。

诗里插入两行重复的“你读”，“你”是诗人自己，仿佛诗人就是个见证，他见证了“种葡萄人”“不可见者”“敞开者”三者的关系，而石头也认出了诗人“你”，在安息日。此时，诗人已没了先前像约伯那样的争辩，他变得平静了，他回到了他的犹太人身份里，回到了上帝给犹太人的那个特别日子，那也是人生的终局：安息。

策兰还写过“杏树”，把它与犹太传统放在一起：“因为杏树已经开花了。/杏树，塔木德树。/杏仁梦，陀螺梦。”（《一首骗子和小偷的小曲……》）《塔木德》是犹太教经典，代表犹太人的智慧。在圣经里，杏树的含意相当丰富，而策兰对杏树意象的使用也更为多样。比如“开花手杖”，指的就是《圣经》里亚伦的杏树手杖，“杏仁眼”用来形容母亲的眼睛，“杏仁”本身则是犹太人的象征，等等，与《圣经》有关杏树、杏枝、杏花、杏仁等的经文彼此融合。

策兰投塞纳河结束生命的前两年，遇见早年的女友舒梅丽，给她写了首诗《结成杏仁的你》，在诗的最后，策兰用希伯来语做了动人的呼唤：“Hachnissini。”意思是“收留我吧”，他请这个居住在以色列的“结成杏仁”的犹太女子来“收留”他。由此，我们看到，策兰笔下的杏树、杏仁无疑凝结着犹太信仰与精神特质，有着深厚的也极为沧桑的犹太历史感，并被赋予了神学意义：犹太人的终极归宿到底在哪里。

在你/右边的嘴角/闪烁着圣诗之十六

策兰诗歌的《圣经》背景，不光影响到他诗歌的内容，无疑也影响到他诗歌的艺术形式，特别是《诗篇》，对策兰的影响尤其大。费尔斯坦纳指出：“《诗篇》时常为了达到他的目的而被引用，一会儿是挽歌，一会儿是赞歌，起起伏伏都要依他的意思而动。”[①]最明显的例子，莫过于《大地就在他们身上》里“他们挖呀挖呀，就这样/白昼去了，黑夜去了。他们不赞美上帝”，这里面的“他们不赞美上帝”，如果我们不了解圣经，根本无法正确理解其含意，还会以为这些死去的人是不信上帝的，因而不赞美上帝。实际上这句诗是对《诗篇》一一五篇第十七节里那句著名的“死人不能赞美耶和华；下到寂静中的也都不能”的引用，意思是大屠杀的遇难者们，他们已经死了，他们不能也无法赞美上帝。策兰的情感是非常沉重的，蕴含着巨大的悲剧力量。这里面，我们看到，策兰的诗歌

① 约翰·费尔斯坦纳《保罗·策兰传》，李尼译，江苏人民出版社，2009年7月版，第34页。

与《诗篇》构成了互文关系。

这是策兰诗歌在艺术形式上受《圣经》影响，与《圣经》彼此关联的第一个特点，即互文性。再比如策兰写伦勃朗的诗句，他被伦勃朗描绘犹太人的画作感动，从画像的表情中看见了《诗篇》的内容："在你/右边的嘴角/闪烁着圣诗之十六。"（《一面崖》）圣诗就是《诗篇》，但策兰并未列出《诗篇》十六篇的具体内容，按理说，这是不太合理的。那么，是否在策兰的心中，读这首诗的人都该知道《诗篇》十六篇？或者，因为策兰太过熟悉《圣经》、熟悉《诗篇》，他下意识地认为，只要列出篇名，人人便都心领神会？这样的可能性不是没有，但我觉得从艺术形式来看，策兰是故意让他的诗与《圣经·诗篇》构成互文关系，让诗作更浓缩、更具张力。

《诗篇》第十六篇是大卫的诗，完全是他信仰的告白："神啊，求你保佑我，因为我投靠你。我的心哪，你曾对耶和华说：'你是我的主，我的好处不在你以外。'……因此，我的心欢喜，我的灵快乐；我的肉身也要安然居住。因为你必不将我的灵魂撇在阴间，也不叫你的圣者见朽坏。"[①]这首诗除了大卫个人的祈祷，还涉及上帝的圣民，也即以色列人："他们又美又善，是我最喜悦的。"[②]很显然，我们只有了解了《诗篇》第十六篇的内容，才能明白策兰到底在说什么。他

① 《诗篇》16:1–10。

② 《诗篇》16:3。

从伦勃朗画的犹太人的面容上，看到了灵魂里面的东西，即对上帝的信仰，哪怕画面上的容颜历经沧桑，“掌纹刻痕于你的额头，/直至沙漠”，但画像里的那张嘴，却仍在赞美上帝，仿佛吟诵着圣诗十六里的动人诗句：“你必将生命的道路指示我。在你面前有满足的喜乐；在你右手中有永远的福乐。”[①]

除了《诗篇》，《圣经》先知书对策兰的影响也很大，比如《以赛亚书》《耶利米书》《耶利米哀歌》《以西结书》等，我们在策兰写耶路撒冷的诗中，可以感受到这种艺术上的关联。先知书与《诗篇》一起提供了强大的艺术背景，仿佛是丰盈的血肉，让策兰简约的诗句充满活力。比如策兰自杀前一年到访耶路撒冷，万千感慨，化为如此简洁的一句：“立着/耶路撒冷立在我们四周”（《立着》）[②]。如果我们熟悉圣经，便会知道这句诗的背后已包含着众多的《诗篇》和先知书里的诗句：“耶路撒冷啊，我们的脚站在你的门内。”[③]“众山怎样围绕耶路撒冷，耶和华也照样围绕他的百姓，从今时直到永远。”[④]还有《以赛亚书》里论及主再来时有关耶路撒冷的境况：“末后的日子，耶和华殿的山必坚立，超乎诸山，高举过于万岭；万民都要流归这山。必有许多国的民前往，说：‘来吧！我们登耶和华的山，奔雅各神的殿。主必将他的

---

① 《诗篇》16:11。

② 保罗·策兰《保罗·策兰诗选》，孟明译，华东师范大学出版社，2010年9月版，第474页。

③ 《诗篇》122:2。

④ 《诗篇》125:2。

道教训我们；我们也要行他的路。因为训诲必出于锡安；耶和华的言语必出于耶路撒冷。”[1]当我们把这些背景经文与策兰的诗结合在一起读的时候，我们便会发现策兰在极端浓缩的诗句里，所要表达的意思是非常深广的，不仅仅是个人感受，而是整个犹太民族漂流历史与大屠杀记忆，在重回耶路撒冷之后，所激发出的那种哀伤与欣喜，甚至我们可以从神学维度看到人类的救赎史与耶路撒冷的关联、上帝的信实、将来的弥赛亚国度，等等。这也意味着，策兰诗歌从某种角度，是与《诗篇》、先知书等一脉相承的。

类似的例子还有很多，这构成了他诗歌艺术形式的一个与众不同的特点——跟《圣经》之间的互文性。诗句极力浓缩简约，让《圣经》来扩充内容，带来张力。重要的是，策兰诗歌艺术受《圣经》的影响不是表面的，而是骨子里的，他面对死亡的写作，贯穿一生的对父母和大屠杀遇难者的哀悼，与耶利米的哀歌色调极其相似——这可视为他受《圣经》影响的第二个艺术特点，即哀歌色调。

“先前满有人民的城，现在何竟独坐！先前在列国中为大的，现在竟如寡妇；先前在诸省中为王后的，现在成为进贡的。她夜间痛哭，泪流满腮；在一切所亲爱的中间没有一个安慰她的。”[2]这是耶利米先知在犹大国败亡，犹太人惨遭杀戮之时所发的哀叹。哀歌是希伯来文学中古老的诗歌体裁，

---

① 《以赛亚书》2:2–3。

② 《耶利米哀歌》1:1–2。

其内容“不仅是悲痛心情而发的叹息，也是十分无助中的求告”[①]，《耶利米哀歌》由五首诗歌组成，“有个人的哀歌，团体的哀歌，殡丧的哀乐。”[②]耶利米也被称为“哀哭的先知”“流泪的先知”，他的《耶利米书》同样如此，充满了哀叹与眼泪，“但愿我的头为水，我的眼为泪的泉源，我好为我百姓中被杀的人昼夜哭泣。”[③]策兰传记作者埃梅里希评论策兰的诗歌，说他“一切立足于哀悼，立足于眼泪之源”[④]，把这句话用在耶利米身上，也是恰如其分，虽然他们两人相距了两千五百年。

可以说，策兰继承了耶利米的哀歌传统，为犹太人的集体死亡而哀哭，他所有诗歌的艺术基调都是哀歌式的，如同他自己的诗歌所言，从早期悼念父母的“我找出我哭泣的心，我发现——哦夏天的呼吸，/它就像是你。/而我的泪涌出。我编织着这块布”（《黑色雪片》）到晚期的面对世界和人性的荒芜，依然用泪水哀悼，“相信泪痕，/学着去活”（《不要写下你自己》）。策兰诗歌的哀歌色调也是一脉相承的。

策兰诗歌在艺术形式上受《圣经》影响的第三个特点，便是希伯来诗歌著名的平行体。平行体是希伯来诗歌最主要的文学风格，一般分为同义平行、反义平行和综合平行：“所

① 唐佑之《耶利米哀歌注释》，上海三联书店，2017年7月版，第9页。

② 唐佑之《耶利米哀歌注释》，上海三联书店，2017年7月版，第7页。

③ 《耶利米书》9:1。

④ 沃夫冈·埃梅里希《策兰传》，梁晶晶译，南京大学出版社，2022年1月版，第60页。

谓同义平行句通常是指第二句‘B’与第一句‘A’在意义上相符。反义平行句通常是指第二句‘B’与第一句‘A’在意义上相反。综合平行句通常是指第二句‘B’与第一句‘A’在某个程度上是有点相关的。”[①]这种艺术形式的意义，是“在其中两三行相连的诗句互相巩固、加强，并发展彼此的思想”[②]。

平行体在《圣经》诗歌智慧书《诗篇》《箴言》《雅歌》《约伯记》，以及《以赛亚书》《耶利米书》《以西结书》等先知书里使用尤为广泛，比如：

父亲怎样怜恤他的儿女，
耶和华也怎样怜恤敬畏他的人！[③]

夏天聚敛的，是智慧之子；
收割时沉睡的，是贻羞之子。[④]

你们这所多玛的官长啊，要听耶和华的话！
你们这蛾摩拉的百姓啊，要侧耳听我们神的训诲！[⑤]

---

① 黄朱伦《雅歌注释》，上海三联书店，2013年1月版，第36页。

② 克莱恩等《基督教释经学》，尹妙珍等译，上海人民出版社，2011年10月版，第354页。

③ 《诗篇》103:13。

④ 《箴言》10:5。

⑤ 《以赛亚书》1:10。

这些例句中，有些是同义平行，有些是反义平行，有些是综合平行，把所要表达的意思更强烈地呈现出来。策兰的诗里，也大量充斥着这类诗句。

碰到它，雪就落在黑莓丛里。
挥动它，你会听到老鹰在叫。（《孤独者》）

永恒，你被非永恒了，
非永恒，你被永恒了……（《痉挛，我爱你》）

上帝掰开面包，
面包掰开上帝。（《露水》）

比较复杂一点的平行体，则是整首诗歌的运用，策兰的早期诗歌《墓侧》《白杨树》，晚期诗歌《立着》等，都是由诗句的平行构成的诗体结构上的平行体。

妈妈，你是否还认识南布格的河水，
那波浪，曾经拍打你的创伤？

是否还记得那片带磨坊的荒野，
你的心，是多么柔顺地向天使屈从？！（《墓侧》）

白杨树，你的银色枝叶闪耀成黑色。
我母亲的头发从来不会变白。

蒲公英，绿茵茵的乌克兰。
我的金发母亲没有回到家里来。（《白杨树》）

立着
无花果碎片立在你嘴唇上，

立着
耶路撒冷立在我们四周……（《立着》）

不管是同义平行、反义平行，还是综合平行，词义相近和相反的句子平行排列在一起，或者不断进行巩固、强化、发展，形成了强烈的对比，增强了情绪的张力，有一种戏剧性的效果。实际上，在具体运用中，常常有更为复杂多变的平行体形式，比如《诗篇》第二章里的这一段诗句，既有诗句间的平行，也有段落间的平行，更有整体形式上的平行：

外邦为什么争闹？
万民为什么谋算虚妄的事？
世上的君王一齐起来，
臣宰一同商议，要敌挡耶和华并他的受膏者，
说："我们要挣开他们的捆绑，脱去他们的绳索。"

那坐在天上的必发笑；
主必嗤笑他们。
那时，他要在怒中责备他们，
在烈怒中惊吓他们。[1]

“外邦为什么争闹？万民为什么谋算虚妄的事？”是同义平行；“世上的君王一齐起来，臣宰一同商议”，也是同义平行，但含意有所扩展；商议的内容也是同义平行，“挣开他们的捆绑，脱去他们的绳索。”整个段落在同义平行中充分展示出外邦争闹的具体细节。然后，下一段是坐在天上的主的反应，“发笑”“嗤笑”与“责备”“惊吓”也是同义平行，但前两句与后两句词义相反，构成反义平行，突出了“主”的大能。整体上看，这两段也构成反义平行，外邦的谋算，包括万民、君王、臣宰，在“主”的眼里，显得何等可笑，他要在怒中惩罚他们。

同样，这种情形也出现在策兰的诗里，比如他悼念母亲的《旅伴》，也是从诗句的平行，到段落的平行，直到整首诗歌的整体平行，都像《诗篇》第二章里所呈现的那样完美：

你母亲的灵魂逡巡在前。
你母亲的灵魂在夜里为你导航，暗礁连着暗礁。
你母亲的灵魂在船头为你鞭打鲨鱼。

① 《诗篇》2:1–5。

这个词是你母亲的监护。

你母亲的监护分享着你的床铺，石头挨着石头。

你母亲的监护屈身于光的碎屑。

第一段的前三句是同义平行，“灵魂逡巡”是总起，“在夜里为你导航”“在船头为你鞭打鲨鱼”是“逡巡”的具体化和扩展。第二段的结构相仿，“母亲的监护”是总起，“分享着你的床铺”“屈身于光的碎屑”则是监护的具体表现。这两个段落又形成同义平行，其中“暗礁连着暗礁”“石头挨着石头”这样对应的平行诗句更说明诗人在艺术形式上的有意追求。这首诗层层加叠，不断巩固、加强、发展，情绪越来越饱满，简直势不可挡。整体上构成完美的对称关系，是《圣经》诗歌平行体在现代诗歌创作中运用的代表作，令人印象至深，大大增强了艺术感染力。

结语：我翻页打开你，永远

作为流浪欧洲的犹太人，对策兰来说，以色列是个绕不过去的存在。1948年以前还可以说，犹太人没有真正的故乡，流亡地就是他们的故乡。但随着以色列1948年重新建国，那个《圣经》里的国度，犹太人祖先生活过的应许之地，变为了现实，那么，犹太人就不能说自己没有祖国了。这也意味着，

《圣经》与犹太根源穿过两千年的时空，跟以色列地重新连接在了一起。

策兰生活在巴黎，其实始终在关注着新生的以色列，他有许多亲戚与友人回归以色列，常给他带来以色列的信息。1967年6月，“六日战争”爆发，以色列国防军收复耶路撒冷旧城与哭墙，策兰密切注视着战局的发展，并兴奋地写下了一首有关以色列的诗《想一想》。

想一想：
马萨达的泥沼武士
迎着铁丝网上
每一根尖刺，
承诺他们自己
最不可磨灭的家。

马萨达（又译梅察达）是死海边的一座堡垒，公元70年，一群反抗罗马暴政的犹太勇士在大起义失败后退守此地，坚持了三年，最后在堡垒被攻破前集体自杀，他们的英勇行为千百年来激励着犹太同胞，也在以色列重新建国前后成为新以色列人的精神象征。策兰在这首诗里，将古老的马萨达战士与纳粹集中营里的泥沼战士彼此融合，唱出了策兰诗里少见的战斗之歌。同时，策兰也相当强烈地展现出了以色列地对犹太人的重要意义，包括对他自己的重要意义。“想一想：你/自己的手/不止一次握住/一点/可居住的大地，/受苦而再次/进入生命。”策兰终于要用自己的手来握住一块属于自己的土地了，这就是要扎根的意思啊！他要把根扎往以色列，扎往耶路撒冷。所以，尽管以色列正处于战争期间，他却对未来充满了希望。

想一想：
那些向我走来的，
名字醒来，手醒来
永远，来自
不可埋葬。

马萨达勇士的精神如今来到策兰身上，那些古老的名字是不可埋葬的，策兰清晰地表达了犹太传统与自己生命的连接，他的情绪高亢饱满，充满亮色，成了他诗歌的异数。但我们不能不说，虽然是一种特异的情感表达，其内里，却是合乎策兰的人生命运逻辑的，策兰越来越回归犹太传统和圣经了，这就成为他两年后以色列和耶路撒冷之行的必然动因。

1969年10月，策兰依然兴奋异常，他的脚终于踏在了圣经所讲述的土地上，也是他祖先所生活的土地上，他写下了一系列情真意切的诗作，把自己紧紧与犹太传统和《圣经》根源连接在一起。《号角之部》正是犹太历史、传统与《圣经》三者最完美的融合与表达。

号角之部

深入到这炽热的
空白经文
在火炬的高处
在时间之洞中……

号角在《圣经》里多处出现，号角吹响，既是警醒与聚集，为战争的动员，又是审判的警号。犹太新年也以吹羊角号开始，而上帝在西奈山降临，和末后的大审判，也以号角吹响作为提醒。策兰把号角与《圣经》连在一起，《圣经》的经文是“炽热的”，也有译为“发光的”，这很容易理解，但为何又是“空白”的呢？这里并非否定《圣经》的内容，而是犹太人对《圣经》的独特理解，费尔斯坦纳的解释很有意思：“当一个文本是虚空-文本时，它是什么呢？答：是《圣经》。首先，《圣经》本身起源于在虚空之上说出来的一句话：‘地是空虚混沌。渊面黑暗……神说，要有光，就有了光’。其次，由于《圣经》需要信仰者和译经者来完成，它从开始起便是‘虚空’。”[①]

关键是诗的结尾：“聆听你自己 / 以你的嘴。”策兰把自己投入进去了，他进入了犹太历史、传统，现实，也进入了《圣经》的“空白经文”，他以他的嘴，聆听自己。是否可以这样说，策兰也要吹响那号角，聆听他的声音在犹太历史与现

① 约翰·费尔斯坦纳《保罗·策兰传》，李尼译，江苏人民出版社，2009年7月版，第331页。

实中的回响，他也将成为那号角声的一部分？

《酷热》则表达了策兰与《圣经》新旧约的关系，是他对自己的那句总结性的诗句的回应：“我从两个杯子喝酒”。《旧约》代表的犹太传统与根源，《新约》代表的欧洲基督教历史与文化，在《酷热》里得到了恰如其分的呈现。

酷热
把我们聚数在
押沙龙墓边的一声
驴叫里，这里也一样。

客西马尼园，在远处
绕着圈子，谁
被它吞没？

押沙龙是大卫王的儿子，因谋反而被杀。客西马尼园是耶稣祷告的地方，他钉十字架前的最后一次祷告和被犹大出卖而被捕都发生在这里。策兰将《旧约》《新约》的地点并置在一起，有一种历史的穿越感，但又显得特别真实，“一声 / 驴叫”就是现实的回音，而客西马尼园似乎无形中散发出某种神秘的力量，让人不安。于是，诗人有了重大发现，“在最靠近的门廊里，虚无敞开”，策兰感受到了他一直在诗里反复诵念的那个“虚无”，此时居然近在咫尺，而且向他敞开。耶路撒冷，终究是策兰生命中无法避开的至高点。

于是，策兰写出了《两极》，作为他的以色列与耶路撒冷之行的总结。“两极/在我们内心，/不可逾越/又唤醒我们，/在睡梦中飞越，来到/救世之门。”[①]救世之门就是金门，也译慈悲门，将来弥赛亚降临时要穿过这座大门。这首诗的重点在这一句：“说吧，耶路撒冷还在”，只要耶路撒冷还在，表明上帝的同在仍在。策兰进而进入了更深处，那是《圣经》的世界，“我翻页打开你，永远”，策兰因而宣告了他的立足之地，耶路撒冷，《圣经》，犹太传统，这些都是他诗歌的根源之所在。

2023年6月—12月完稿于上海

① 此诗为李尼所译，见约翰·费尔斯坦纳《保罗·策兰传》，李尼译，江苏人民出版社，2009年7月版，第333–334页。

代后记

致保罗·策兰

王 彪

我从何处走近你？保罗·策兰

你面目哀郁，目光破碎
像飘忽的影子
与无数墓石为伴
手指的烟缕燃尽了
你以黑暗的词，写黑暗的诗
死亡的灰烬发出光辉
又为强光所逼迫

两极占据你小而广大的内心
世界患上了精神分裂

我从《圣经》的书页走近你，保罗·策兰

犹太人的苦难，千年应许
罪错纠结

上帝究竟在与不在
你亵渎，你冒犯
与“虚无”争辩，喋喋不休
且心怀敬畏

一个挑战上帝的人，是一个
摆脱不了与上帝关系的人
犹如你之宿命，不可更改

所以我来了，保罗·策兰

我从《耶利米哀歌》里找你
我也从耶路撒冷街巷寻你
那里有明亮的石头，永不
枯干的泪滴
无花果喂养的生命
比死亡久远。塞纳河
绝非终结
穿过米拉波桥，坠落的自由
跨越万里，我看见你在救世之门
上岸

一声羊角号，时间之洞
炽热的空白经文，荣耀充满
在你我之间

让我遇见你，保罗·策兰

2024年6月

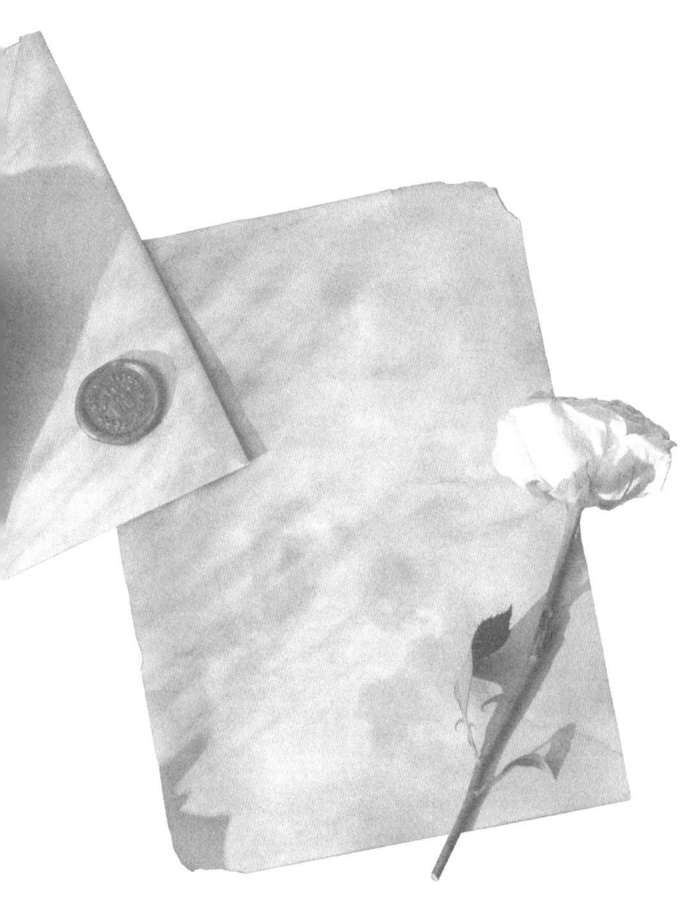